# Gaea

GAEA

案簿錄・番外

# 四季時

しきおりおり。

護玄——著

案簿錄・番外

# 四季時

目錄

# 人物介紹・虞因大學畢業後

**虞因**（浮生工作室）

擁有陰陽眼的社會新鮮人，有些愛玩，但對需要幫助的人很友善。厭惡沒道理的事情。

**言東風**（浮生工作室）

圖形、記憶、分析能力極強。說話毒，但很珍惜身邊的人。喜歡安靜、雕塑，厭惡太吵的人。

**少荻聿**（浮生工作室）

語文、閱讀、記憶能力強。沉默寡言，不太與人往來。喜愛甜點、烹飪。厭惡豌豆。

方曉海
阿方的妹妹，性格暴烈衝動，但對好人非常和善。喜歡飲料、冰涼食物，厭惡各種賤人。
阿方
阿因朋友，很會照顧人，平日溫和，但觸犯到禁忌會立刻變凶狠。喜愛運動，厭惡自目的人。
一太
看似隨和，經常掛著笑，卻讓人猜不透在想什麼，行事俐落果斷，有時隨心所欲。
李臨玥
阿因青梅竹馬，美麗也有腦袋、主見。喜歡換男友、購物，厭惡不乾不脆的人。

# 人物介紹

・虞因大學畢業後

**虞佟**

阿因大爸。隸屬刑事組行政單位。
溫和穩重且有禮的娃娃臉熟齡男子。
喜歡家人，厭惡傷害家庭的人。

**虞夏**

阿因二爸。刑事小隊長。
個性暴躁，拳腳功夫了得。喜歡打擊犯罪，厭惡靠關係的混蛋。

**玖深**

隸屬鑑識科。
有點慌慌張張，在自身專業上認真仔細。
喜歡熱鬧玩耍，恐懼不科學的東西。

黎子泓
檢察官；東風學長。
認真溫和，看似嚴肅實則懂變通。
喜歡各種遊戲，單機為主。
嚴司
法醫。表面玩鬧人生，對身
邊的人卻很好。喜歡講幹
話、美食、八卦。
小伍
刑警。熱血小警察。
喜歡懲奸除惡和女友，
厭惡愛靠杯的犯人。

# 日出

# 上篇──

「大檢察官要出來玩嗎？」

跨年那天，來加班的黎子泓才剛蓋上卷宗就接到這樣的電話，對方彷彿隔空有眼似地，時間抓得一分不差。

基於每次接到這種邀約都會發生預料之外且偏向讓人頭痛的事，他連考慮都不考慮，直接回以下意識的拒絕，「不要。」接著按掉通話。

他已經規劃好，跨年要通宵打新遊戲，最好是在收假前通關。

不過這次電話那端的麻煩精罕見地沒有再打來騷擾吵鬧，不曉得是不是有事或徹底死心了，等了一會兒他便放心地繼續辦公。

約莫十五分鐘後，剛剛手機另一端的「本體」就出現在他的辦公室破壞安寧了。

果然，不能這麼快就放心。

這個人就沒有讓人可以放心的一天。

「你這麼不親切一定很難找到女朋友。」完全沒自覺是來打擾別人工作的嚴司把手上的星巴克放在桌面，彷彿在自家一樣，熟悉地找了椅子坐下，接著打開自己的那杯飲料，還從別人的小桌子掏出零食來配，「還有工作狂也會交不到……你今天不是放假嗎我說。」

看著自在到超級過分的友人，黎子泓默默地繼續看卷宗，打算把這傢伙當作旁邊花瓶一樣的東西，讓他自己哪裡涼快哪裡去。他手上正在處理案子，雖然不算急，也可以工作日再看，但今天先處理完基本上就可以直接發派送出，不想讓別人等太久。

室內安靜了五分鐘，在那邊喀喀喀嚼零食還放連假的某法醫終於厭倦無聊，又啓動作祟模式移動座椅靠過來，沒骨頭一樣趴在桌上蓋住半面卷宗。「欸欸，去看日出如何？」

「沒空。」依舊回答他兩個字，黎子泓想了想，開口：「你去找楊德丞。」反正楊德丞在某方面來說也是怪怪的，剛好一起出去。

「找過了啊，我還跟他說上合歡山看完日出，回來他可以路過清境順便買一車高麗菜啊。」多棒的計畫啊。

「然後？」黎子泓大概可以猜到後續。

「然後他說他家合作的契約小農都會載高山高麗菜來，就把我的電話掛掉了。」嚴司聳聳肩，露出眞沒義氣的遺憾表情，「啊，不過玖深小弟倒是很有興趣，他說他最近常常大夜看日出，偶爾去山上看一下也不錯，剛好今天下班直接上去武嶺定點跟我們碰頭。」

「我們？」聽到關鍵字的黎子泓皺起眉，「我記得電話裡面說的是『不要』兩個字。」

「你看看，你就是這樣才沒朋友，連跨年都孤獨一個窩在這種暗不見天日的地方默默加班，你不覺得這樣看起來很淒涼嗎？我都可以預見你未來老年生活八成跟現在一樣，只是臉變得比較老而已。」嚴司嘖嘖了兩聲，突然覺得友人這種孤僻的作風晚景非常堪慮。

黎子泓抹了把臉，按按太陽穴，思考著要嘗試跟對方講道理，還是拿紙鎮往對方頭上砸下去，讓自己清靜點比較好。前者成功率頗低，後者會被關，但後面那個選項爽度比較高，十分令人心動。

根本沒注意到自己快要被宰掉的嚴司看了下手錶，用力一拍手，愉快地宣布：「好，既然決定要去跨年和看日出，等你這個案子看完，我們六點去吃晚餐，小睡一下十一點出發去倒數跨年、接著上山，還可以順便去山上看星星。」

「……等等，不是只有去看日出嗎？」覺得行程好像變多的黎子泓頓了頓，嚴肅地思考這一連串行程的時間安排。

「對啊，既然都要半夜出發，那乾脆去跨完年再出發不是還可以多個娛樂嗎，然後去吃飯不是理所當然的事情，難道你不用吃晚餐嗎？」嚴司眨眨眼睛，正經地反問。

聽起來好像很合理，但黎子泓就是覺得完全不對勁，下意識開口剔除他覺得不必要的部分：「你先回去，等你看完跨年跟煙火，約個時間再上去，不然就和玖深一樣直接在山上定點集合。」對他來說那兩樣都不必要，晚飯也可以隨便吃個東西應付。

嚴司瞇起眼睛，「不不，我覺得在這邊盯著比較好，不然你八成會直接在辦公室窩到清晨，然後熬夜開車上山，說不定直接開上天堂了。」根據他對友人長年以來的了解，這是百分之百會發生的事，「我們輪流開車比較好。」

「算了，隨便。」並不想在這種事情上爭執太久的黎子泓無力地揮揮手，「起碼現在不要打擾我工作，請去別的地方打發時間，謝謝。」

「那說好了，六點來找你。」

看著莫名其妙、很乾脆撤走的嚴司，不知道他在搞什麼鬼的黎子泓在室內恢復安靜後終於鬆口氣。

報告正要翻頁的瞬間，他猛地知道對方在搞什麼鬼了。

一開始他說不去的！

□

「你不覺得你這種行爲滿奸險的，而且還很不可取嗎。」

楊德丞看著來他店裡打發時間的傢伙，聽完對方不久前幹的事，露出鄙視的表情。

「我覺得我眞是世界上最好的朋友，想到好事都會先找他。」嚴司搖著手上的飲料杯，看了眼依然客滿的店內，節慶特餐賣得爆炸貴還是大堆的盤子買單。「不然你看他都龜在同一個地方，遲早不是過勞死就是缺乏運動死翹翹。」

「應該是不會，小黎除了打電動也會去爬山，某方面來說比你健康很多。」記得朋友從學生時代就有參加自強活動的習慣，現在雖然沒以前那麼勤，但依舊有騰出時間去跟隊，甚至還認識很多登山團體，前陣子在看百岳活動，如果不是因爲與工作時間對衝，可能已經跟著出去了。楊德丞冷漠看著眼前沒資格說別人的傢伙，「你才要擔心你會不會膽固醇過高，連山都不爬的傢伙。」

「我爬完屍體之後唯一的選擇就是枕頭山，這也是沒辦法的事。」他才沒那種精力拖著一把骨頭奔去爬山，嚴司嘖了聲：「而且你不覺得一個人默默去有點淒涼嗎。」

「不覺得。」楊德丞一秒反駁，「人家爬山是靜心修耐力練體力跟挑戰自我，外加一路上伴隨各種風景，沒人去爬山是要整路都說話聊天打屁的。」更別說人家有登山隊的同伴，到底哪裡算一個人！

「所以我從以前開始就不太喜歡自強活動去爬山，原來是這個原因。」嚴司瞬間恍然大悟，他擊了下掌，「練靜心什麼的，還是下輩子吧。」

「你自己也知道喔。」白了友人一眼，楊德丞沒想到對方還有臉自己講。

「我對自己很了解的。」嚴司完全沒覺得哪裡有問題，極度坦然。

「懶得跟你扯。」覺得再聊下去可能會忍不住拿平底鍋打人，楊德丞乾脆繼續忙手邊工作，同時默默慶幸還好稍早前拒絕了這傢伙，不然他可能會在跨年日出的第一天失手把不良友人掐死。

有時候他真的很佩服小黎可以和對方往來這麼多年竟然沒犯下命案，換成他的話他覺得不行，無法忍耐。

「是說你們店今天直接開放到跨年嗎？」剛剛進來時就看到店內延長營業的公告，嚴司很隨意地轉移話題，避免友人殺氣值過高。

「是啊，熟客拜託的，員工有一半是外地打工、沒有要回去，所以上個月就已經安排好人手加輪一班了。」正在確保夜間要用的點心材料沒任何問題，楊德丞說道：「現在的人什麼花招都有，即使餐廳特殊節日會加價也欣然接受，待會兒還有跨年調酒之夜活動。」

「新鮮有趣啊。」看了下時間，嚴司轉向落地窗的方向，這個位置正好可以看見他停車的地方。

不知道是不是錯覺，從剛剛開始他就注意到車子附近好像有人在爭執，而且還是年輕人，大概是高中、大學左右的年紀，一開始只有三、四個人，現在多了一倍，明顯分成兩派人馬。

「居然在停車場吵起來。」跟著友人視線看去，楊德丞也見到外面那群正在叫囂對罵的小孩，順手撥了電話給派出所，「最近小孩火氣還眞大。」節慶之際，隨著外出遊樂的人增多，摩擦事件數量等比放大，這種狀況同樣容易出現。

「是啊，不過看起來有點像在談判我說，剛剛只有二對二。」人數很快地增加，嚴司繼續喝著手中飲料，思考著自己的車子在警方到場驅趕前會不會被砸，顯然和他有一樣想法的幾組客人也騷動起來，部分服務人員立即上前告知已經報警並進行安撫，有一、兩人看起來像是想要去移車，但結黨成群的青少年太多了，不敢輕舉妄動，只能要求服務人員去驅逐那些鬧事者。

服務人員也很頭大，他們只是一般打工仔，不是武林高手。

對此，現場主管意思意思地讓餐廳警衛在安全距離內向那些吵架群眾說明已經報警及勸說，不過果然沒有被聽進耳裡。

楊德丞示意來詢問要不要進一步阻攔的主管做到力所能及就好，不要拿員工安全開玩笑，其他等警察來處理。「我都不知道我家停車場有出租給人家談判，看來以後外圍要通電，別讓阿貓阿狗隨便鑽進來。」

「可能要挖護城河。」人數又聚集了不少，嚴司拿起餅乾，看到有人已經亮刀了。

「說不定需要一支保鏢隊……我出去趕一下好了。」見苗頭不對，楊德丞嘆了口氣，畢竟客人的車都還在，看到有刀更騷動了，只能先放下手上的工作，擦了手準備出去聚集警衛拉水管噴人。

「現在出去可能會被砍到喔。」

才剛說完，停車場的混戰就開始了，引起客人們的驚呼，見紅之後他們也不敢催促服務人員出去，有幾人甚至要求服務生快鎖緊餐廳門窗，看好戲的則是拿出手機錄影或直播。

嚴司在看到某個帶頭小孩被打趴在自家車子引擎蓋上後，也開始認眞思考要不要去制止他們了。

還沒決定要輕微制止還是用力制止，接到通報的轄區員警已經到達，因爲楊德丞在電話裡有先說明情況，所以來的人大概五、六個上下，也不算少，見到刀械後又來了好幾個警力支援。

很快地，外面的鬥毆被制止，十幾個青少年在警方壓制下，通通趕上車帶回去做筆錄。

「你們這邊的來得真快，我上次去驗傷時有遇到一個說他們每次接到這種青少年鬥毆，都傾向給他們先打個半死之後再來收拾殘局。」其實也比較喜歡讓鬥毆的人打到剩口氣再去處理的嚴司放下空杯子。

青少年嘛，放放血比較不會那麼熱血、讓腦子清醒點，留條命就好了，傷殘什麼的不就是他們自己的選擇嗎，給社會大眾製造麻煩還想全身而退，哪有那麼好的事。

「喔，就先前那個神經病殺人凶手事情之後，轄區大概知道我跟你們有熟，所以還滿勤勞的。」說起來也是沾光，楊德丞不得不承認，員警們事後知道他和嚴司、黎子泓這幫人認識，變得比以前更客氣了。

這對他來說是好事，畢竟開店做生意最怕人來鬧場。

「時間差不多了。」看了下手錶，嚴司用力伸伸懶腰，「過去剛好六點半。」

「你不是約六點嗎？根本是遲到了吧！」楊德丞直接丟了記白眼過去。

「唉……你不懂啦，我現在過去，打開門之後會看到某人還塞在他的文件裡，接著第一句話一定是『不是才四、五點？』。」有過太多經驗的嚴司無奈地站起身，「自發加班都會這樣，嘖嘖。」

「你也好不到哪裡去。」好像有人驗屍加班也差不多狀況，楊德丞決定不予置評，「去去去，快滾，我們也要開始忙了。」

「嘖。」

「對了，聽說可能會降雪，記得帶大衣上去喔。」

□

「現在不是才四、五點嗎？」

打開門，嚴司微笑地指指時鐘。

忙得天昏地暗、完全沉浸在卷宗裡的黎子泓這才注意到時間，然後他停了一下，思考著剛剛約定的時間，「七點？你遲到一個小時？」

「喂！別說得好像是我的錯好不好，你自己也沒注意時間吧。」直接關燈抓人，嚴司完全不管對方到底有沒有看完案件，「眞是的，剛剛遇到一群死小孩在打架，結果出去一看發現引擎蓋上面有血手印，害我花了點時間弄乾淨。」他才不想帶個血手印去看日出咧。

「最近青少年犯罪率高很多，尤其是重大案件與衝動犯罪。」既然都被抓出來，黎子泓也乾脆鎖好大門跟著離開。

「是啊，屍體也越來越年輕了。」最近接到好幾台來自青少年鬥毆的嚴司跟著點頭，他有時候會思考要不要推廣一下，勸那些血氣方剛的小屁孩們提早簽下器官捐贈同意，不然這樣有夠浪費，命沒了，器官可以資源回收啊。「人生苦短啊，但是也不要縮太短。」

「他們會這樣想就好了。」可惜的是案卷裡的那些人會這樣想的並不多。

「是啊是啊，總之以後生小孩應該要先送去老大家練成黑帶高手會比較安全，不管是打人還是自保兩相宜。」

「……你是從哪裡聽出來這個結論？」

「你心裡。」

「……」

約九點多時，被押上車吃了兩、三家傳說中的美食後，黎子泓終於可以騰出時間繞回家拿雪衣，順手再帶雪鏈預防萬一，然後越想越不對，晚上的行程明顯比嚴司之前講的還要多——雖然大部分都是臨時起意。

誤上賊船的感覺越來越濃厚了。

「你家還是一樣沒什麼樂趣啊。」嚴司跟著進屋，左右轉了圈，跟平常一樣，一面牆是塞到快爆出來的大書櫃，一面牆是放滿電玩主機、遊戲的櫃子，其他空間除了基本家具什麼都沒有，完美展現居住者簡單的性格。

「生活必需品夠用就好。」翻出第二件雪衣丟給什麼都沒準備就打算衝上山去冷死的智障朋友，黎子泓隨口說道。

嚴司接住大雪衣，聳聳肩，「你說夠就夠。」這還真是極端相異的興趣啊，大學認識到現在都沒變過，和人一樣。有時候眞的懷疑這傢伙出生開始就用這種單一模式生存二十多年，不會很無聊嗎……看來他果然是上天派來驅逐對方無聊的好朋友啊。

「你要在我家睡一下嗎？」記得有個行程叫作稍睡一下的黎子泓看了眼時間，已經差不多快十點，現在躺下去大概也睡不到什麼吧，短短一小時實在無法帶來太多休息效果，而且起床時可能會更疲憊。

「算了，就交換開車輪流睡吧，反正等等開上山還有好幾個小時可以睡。」嚴司抓抓臉，甩著鑰匙，「那就我先開，反正還要繞去看煙火咩。」

「開我的車吧。」黎子泓拿出自己的鑰匙，「你不覺得你的車怪怪的嗎？」

「哪裡怪？」眞的沒感覺的嚴司疑惑。

「不知道，每次上車都很容易睏。」黎子泓也說不出個所以然。

「同學，那明明就是你自己太累吧，你個傢伙不管開誰的車都是上車睡覺啊你！大學就這樣了又不是現在才有！」居然牽拖到他的車，嚴司一秒反駁，「駁回，我家車比較好開，爬山開你的車搞不好會熄火！」

黎子泓嘆了口氣，把鑰匙放回原位。

「那就出發吧。」

□

十二點後，嚴司將車駛離剛放完煙火的場地。

散場人潮還沒爆出來前，他們已經開上國道三號。

「你和玖深約幾點？」打了個哈欠，開始感到睏意的黎子泓隨口問道。

「玖深小弟是說他等儀器跑完大概一點會出發啦，不過他離開時間也不一定，所以就是約到了武嶺聯絡，到時候人沒出現就各自跑。」一切都很隨性的嚴司說道：「反正你先休息吧，回程再換手。」

「你小心一點，好像有點起霧。」黎子泓拉好外套，這時間溫度確實很低，車內開了暖氣仍免不了冷意。

「這種地方起什麼霧。」雖然這樣講，不過嚴司的確隱約看見有點白白的霧氣盤踞在公路上，所以打起精神注意路況，「眞可惜，被圍毆的同學他們這次不來，不然熱鬧多了。」

前幾天聖誕節問過，不知道爲什麼虞因打死拒絕，今天嚴司去問也是劈頭丟過來一句絕對不去，眞少看到他這麼堅持。

「他們有自己的計畫，不要老是把小孩子綁著。」黎子泓無言了幾秒，大約可以猜到經常吃虧的虞因害怕上山又被揪著去感應什麼。

「是、是，所以只能找一樣老的去死團一起上山了，有夠慘澹的，萬一明年還沒有女朋友，再上來就要帶根繩子了。」算一算他們也不算年輕了啊。嚴司突然有種想當年的感慨，「你看像佟都有追求者，怎麼我就沒有個看對眼的好女人呢。」

「你看對眼的條件是什麼？」很少聽對方在感慨這個，之前相親不是還在搞事嗎，黎子泓想想便隨口問了。

「很簡單啊，就長得順眼舒服、個性溫和、會煮飯跟興趣相投就好了。」嚴司嘖了聲，「那種胸部大、超級美女什麼的都是浮雲，切開之後還是一堆肉跟骨頭啊，個性好品德佳才實在，回家之後可以吃到熱騰騰晚飯才是人生啊。」

「聽起來跟你之前嚇跑的幾個女性朋友很像。」回想過去，黎子泓覺得大學時被嚇得尖叫逃逸的女生中好像不少是這種感覺。

「啊，附帶要膽子夠大。」嚴司拍了下方向盤。

「……撇去性別不說，你的擇偶條件楊德丞還眞符合。」會煮飯、個性好，還要膽子大，從以前到現在沒有被嚇跑的共同朋友裡這種人眞不多。

嚴司差點直接把車開去撞分隔島，很驚恐地看著旁邊說出恐怖結論的友人。「你知道開車時不能跟駕駛講笑話嗎！會死人的！」他差點今晚就要去躺他學弟的台了，「還有，楊德丞我才看不順眼。」

黎子泓瞇起眼睛，拿出手機，「是喔？」

「對不起我錯了，不要跟他告狀，不然我以後會沒專人可以供餐。」

「專心開車。」

「是、是。」

## 下篇——

黎子泓是被一股震動驚醒。

沒想到自己居然睡得這麼熟，他稍微掀開快要埋住頭的外套，從副駕駛座爬起，這才注意到車子已經停了，起霧的車窗外一片深沉漆黑，什麼也看不見，唯一的光源就是車子本身的燈。

「呦，你醒了，我還在想你眞會睡。」

駕駛座的門被打開，穿著厚重雪衣的嚴司直接鑽進來，身上全是在外面沾染上的冷氣，還隱約有絲細微的草木味。

「怎麼了？」看著黑壓壓的外頭，黎子泓一下清醒過來，車燈照出去的地方還是山路，看起來不像他們的集合地點。

這裡應該是某個可以暫時停車修整的區域，來回雙向山路之外，靠近懸崖的是一大片突出的空地，他們就是停在這地方。

「欸……老實說，車子熄火了。」嚴司抓抓臉，很老實地交代，「轉山路沒多久就掛了，發了一會兒還是動不了，不知道哪裡出問題，看來看去沒看到哪邊故障。」

「怎麼沒把我叫起來。」看了眼時間，他們出發後過了兩小時，現在應該差不多已在合歡山周邊區域，難怪氣溫那麼低，幾乎凍到有點刺骨了。

「你又不會修車。」嚴司嘖了聲，他就是覺得叫對方起來也只是多個操心的，不如讓他繼續補眠。「如果你會修我早就把你打起來了，放心啦，我剛剛打電話給玖深小弟，他正要出發，說會帶工具過來幫我們檢查車子……他來之前我們不要罹難就好，反正最慘就是叫車來拖。」剛剛出去看車況時，外面還滿冷的，車內雖然溫度高了些，但也沒好到哪裡去。

看了看外頭黑色的山路，黎子泓突然冷笑了下，「所以你找我出來就是準備新年第一天一起山難嗎？」這還真是全新的花招啊……他真是太低估對方了，沒想到還可以有這種全滅的新花樣出現。

「嘖嘖，車子熄火也是人生經驗啦，這時候要高興被圍毆的同學不在有沒有，起碼不用摸黑驗屍。」這可能是不幸中的大幸，看著車外的霧氣，嚴司略微估算，有雪衣的話，在車上等一陣子還不成問題。

「剛剛起霧就這麼嚴重嗎？」沒有接續話題，看著窗外的黎子泓突然開口發問。

「喔，是有點，不過山區不是都這樣嗎，安啦我開車技術很好，你看不就還在路上不是在山谷裡嗎，而且我也乖乖停在旁邊的空地了。」嚴司倒是沒覺得有什麼問題，聳聳肩，把手電筒放到旁邊的小架子上，「趁現在多睡一會吧，反正玖深小弟還要一段時間才會到。」

「我……」黎子泓正打算說點什麼，纏繞著冰冷霧氣的黑色山路遠處突然亮起很微弱的光芒，與身旁嚴司對看一眼，短短時間光源已經逼近，而且是對稱的兩道，看樣子是車。

穿出霧氣靠近之後，肉眼可見是一輛銀黑的車，車子開到他們旁邊後停止，搖下的車窗內是張很年輕的女性面孔，大概二十歲上下。

「太好了，我還想這次死定了。」

跟著打開車窗，黎子泓第一句聽到的就是以上這些。

看起來好像真的很害怕的女性眼睛腫腫的，本來有上妝的臉也糊了不少，可見是一邊哭一邊抹臉，說話鼻音非常重，車裡並沒有其他人。

「我剛剛跟男朋友吵架，所以把他丟在民宿裡，本來想說開走他的車去看日出，結果一開出來沒多久就全部都是霧。」用力吸了吸鼻子，女性抽抽噎噎地說著：「而且沒路燈又好冷，車子又有點怪怪的，我越開越害怕，還以為會死在山上還是掉到山谷裡，幸好看到這邊有人。」

嚴司嘖嘖地搖搖頭，「小姐，半夜吵架不要這樣陷害自己啊，萬一出事怎麼辦，不如一開始就找個斷坡把妳男朋友的車放空檔自行消滅還來得好。」

黎子泓撞了記出餿主意的友人。

「好像也是。」女性再度吸了鼻子，開始懷疑為什麼要拿自己出氣。

「咳，不過話說回來，妳找上我們也沒用啊，我們這邊車子故障了，也在等人來救，沒辦法在前面前導，妳看要不要也順便打個電話求救吧。」看對方好像真的很可憐，但嚴司現在也是自身難保的待救狀態，實在沒辦法提供更多幫助。

「呃……這個的話，我的車好像也出問題了。」女性垮了漂亮的臉，無限悲傷地說：「剛剛就怪怪的，斷斷續續熄火好幾次，而且越來越難發動，還好這時候看到有人……我可以跟你們一起等嗎……拜託不要丟下我一個人……」

「難道今天是熄火日嗎？」嚴司嘖了聲，打開車門，「我幫妳看看吧，簡單的我還知道一些。」

也想下去活動，套好雪衣，黎子泓跟著友人下車。

一離開車子，山區的冰冷直鑽骨頭，就算穿著雪衣還是能感覺到讓人麻痺的極低溫度。

見對方都下車了，車裡的女性也拉緊厚外套，急急忙忙跑下來，看著嚴司打開了引擎蓋，「真的不好意思喔，我叫薇蓁。」

「嚴司，隔壁的是黎子泓。」隨便介紹了自己，嚴司看著好像沒什麼問題的車體機組。

「你們也是要去看新年第一道日出嗎？今天民宿好多人，大家都想去的說。」薇蓁發著抖，靠在有熱度的引擎蓋旁，盡量把自己縮成一小團試圖禦寒。「唉，沒女朋友也好，跟朋友出來一樣很快樂的。」

「妳是哪隻眼睛看出來我們沒有女朋友。」嚴司斜眼看著旁邊剛剛還怕得像隻小兔子的女性。

「看就知道了，你的車上沒有女生的感覺啊，就是單身狗的車子。」薇蓁露出笑，她對看人還有點信心，求救時就發現對方都是好人，說話自然沒那麼緊張。「後照鏡沒掛東西、車上也沒什麼裝飾，看起來就是車子，我男朋友的車上我會掛東西的說。」

「車子長車子的樣子就夠了啊小女孩，有時候裝飾太多也會變成車禍原因喔。」嚴司嘖嘖說道。

「咦？眞的嗎？」

見嚴司跟薇蓁似乎搭上話了，黎子泓笑了笑，轉回車子裡去拿備用的手電筒，「我去附近走走。」因爲不曉得玖深什麼時候才會到，他想先確定四周狀況，不知道爲什麼，他一直隱約感到有點奇怪，但又說不出來。

「喂喂，不要擅自離隊啊！」嚴司馬上制止友人。

「我往下走一段，很快就回來，你先幫她看看車吧。」有不少登山經驗的黎子泓還稍微知道該怎麼避開風險。

幸好他們是停在路邊，不是在山道，安全係數高很多。

□

這陣霧氣眞的很奇怪。

沿著護欄走了約莫五分鐘之後，黎子泓回過頭，已經完全看不見他們的車燈，濃霧像有意識地隔絕光源，四周陷入一片漆黑。

不知道爲什麼，連應該有的蟲鳴聲也消失在濃霧裡。

他曾在夜間山區紮營過數次，從沒有遇到這麼奇怪的狀況。

與其說是起霧，倒不如說這陣霧包圍著他們、吞噬周遭，從剛剛開始，他就注意到霧好像沒怎麼隨風飄移，而是一直裹在他四周，既厚重又濃稠。

看了下時間，兩點半多。

找到一些掉落的枯枝，他稍作整理，想說如果眞的萬不得已還是得弄點火，畢竟那個女孩子的衣服看起來不太保暖，嚴司車上的緊急物資有限，必須分配使用；抱著枯枝打算站起來時，突然感覺背後有人拍了自己的肩膀。

「阿司嗎？」因爲正在使力，黎子泓一時沒辦法回頭。

身後的人沒有回應，不過他的確感到有人站在自己後面，奇怪的視線感強烈又突兀，靜默幾秒後再次拍了拍他的肩膀。

「等等。」黎子泓咬著手電筒、打算回頭叫朋友順便幫忙多撿一點樹枝時，掛在內袋的手機突然響起，大肆作響的鈴聲割裂了寂靜的空間，好像也驚嚇到周遭霧氣，他看見濃霧開始隨風飄了。

雖然覺得有點奇怪，不過黎子泓還是先放下手上的東西，職業習慣使然，他選擇先查看手機，螢幕上顯示的來電號碼讓他非常意外，之前曾將手機號碼給相關人士，但從來沒想過對方會主動打來。

「你好？」

電話接通，手機那端非常熱鬧，一聽就知道好像是什麼聚會或是派對的背景音，還有人在唱歌。

另端尚未開口，手機似乎就被別人搶走了，傳來一連串的騷動噪音，「一太哥你打給阿因嗎？那個渾小子居然敢落跑老娘的場！喂！阿因！你馬上帶你弟給老娘滾回來聽到沒有——」

黎子泓挑起眉，不由得好笑了起來，「你們打錯電話了吧？」不得不說通話那邊的喧囂把剛剛還有點詭異的冰冷氣氛瞬間拉回人間。

「欸？這個聲音……？」電話另外一端的女孩有點迷惑，「不對啊，爲啥條杯杯在加班你沒在加班？」

「我們的工作時段不一樣，小海。」咳了聲，黎子泓不知道爲什麼這群人會打給他，「要找阿因的話，你們打錯電話了。」

通話另一端又傳來各種聲音，最後很明顯地手機回到了主人手上，「請問你現在在哪裡呢？」

雖然不知道對方爲什麼劈頭就問這個私人問題，有點莫名其妙的黎子泓還是簡單把在山上車子拋錨的事情說了幾句。

聽完後，手機那端沉默了有半晌，之後才傳來：「失禮了，不過你應該知道晚上如果有人拍肩膀，最好不要立即回頭這個說法吧。」

黎子泓愣了一下，被對方一講才想到，馬上整個人回過身去看，漆黑的山路中除了濃霧之外，什麼也沒有，接著他才反應過來想到為何對方會知道拍肩膀的事。

「那麼新年快樂，不好意思打錯電話了。」

掛斷通話之後，黎子泓有幾秒仍相當疑惑，不過託電話的福，剛剛的怪異感好像也消失得一乾二淨了。

望向飄動的霧氣，他抱著樹枝，正打算原路走回去，不遠處已先出現亮光，接著沒多久他就看見嚴司從另一端冒出來。

看著應該是反方向的山路，他皺起眉，十分確定自己不會弄錯方位，但無法解釋為什麼友人會從另端過來。

「你怎麼搞的，不是說一段嗎，怎麼去了半個小時，我還以為你開竅了要當紅娘，把我們孤男寡女丟在一起，但很可惜那種不是我的菜啦。」嚴司晃了晃手電筒，沒好氣地說著。

「半個小時？」黎子泓疑惑地看向手錶，他的確只出來十分鐘左右，而且沒有離車太遠。

「是啊，我幫她檢查完車子之後發現你還沒回來，結果出來找，走好遠才看到你，都過半個小時了嘖嘖，你該不會真的想山難吧你。」搭著友人的肩膀，正想來段感言發表，嚴司突然發現手感不太對，回過頭整個人呆了下，「等等，你有沒有受傷？」

「受傷？」不知道對方在講什麼，友人已繞到自己身後摸來摸去，被摸得莫名其妙的黎子泓馬上往前閃開，「幹什麼？」還沒等對方回答他已發現不對勁，原本相當保暖的雪衣透進一股冷空氣，下意識地回頭拉衣服，才發現自己背後似乎遭到什麼尖銳物品劃開，雪衣背後被割破成一條一條的，完全報廢了。

「剛剛發生什麼事？」嚴司瞇起眼睛，看著空無一人的黑色山路。

黎子泓想了想，搖搖頭，不打算說太多，「大概是不小心被山壁割破的，先回去吧，你怎麼會放女孩子自己一個在那邊等。」

「她都敢自己開車上來了，等一下又沒事，我有開大燈啦，而且有叫她鎖死在車裡不要出來……」

話還沒說完，遠遠傳來極為淒厲的尖叫聲。

對看了一眼，兩人幾乎同時拔腿狂奔。

這段距離眞的有點長，黎子泓也搞不清楚自己怎會走得那麼遠，總之他們跑了一會兒，才看見車子大燈出現在前方。

照理來說應該鎖死在車內的薇蓁摔在車邊，整個人蜷成一團趴在地上，身上的厚外套也破成一條條的碎片，好像被什麼野獸攻擊過。

「沒事吧？」嚴司馬上扶起不斷發抖的女性，快速檢視過好像沒有受傷，只是外套作廢而已。

薇蓁哇的一聲驚恐地痛哭出來，「有東西在拖我啦——」

脫下雪衣蓋在女孩子身上，嚴司看了眼外套一樣很破爛的黎子泓，先把嚇壞的女性塞進車裡，然後再轉向後車箱翻出救難包，從裡面取出僅有的兩包急用毯展開給兩人應急。

過了一會薇蓁冷靜下來之後，才邊擦眼淚邊開口：「剛剛阿司出去後，我就在車裡等，結果好像有人拍我肩膀，我一回頭就看到車裡面有黑黑的東西，嚇死我了……然後跑出去要找你們，就突然有人抓住我的腳、害我摔在地上，還好我抓住輪胎，不然會被拖走。」

「……難道你們都遇到台灣黑熊嗎。」嚴司看著兩個衣服都破的人，嘖了聲。

站在一邊的黎子泓白了友人一眼。

驚嚇過後，打死不要獨自在車上的女孩在他們這車的後座捲著雪衣和亮亮的急用毯睡得很熟。

嚴司環著身體，瞄了眼副駕駛座的友人，對方脫掉破爛的雪衣，只穿著原本放在車內的另件外套，拒絕拿剩下的急用毯、要他自己包好，看起來也沒有要睡覺的打算，不知道在想什麼。

「是說，我一直覺得有點不對勁。」過了半晌，黎子泓才突然開口：「這段路應該……不至於完全沒有人車。」雖說是半夜，但畢竟是通往知名景點，想要上山看日出的也絕對不只他們，但從剛剛開始，除了女性之外，他就沒再看過第二輛車。

「你該不會是現在才覺得不對勁吧。」嚴司露出有點誇張的表情，「其實我上山時就覺得怪怪的，跟後面的小姐一樣，車停停走走熄火了好幾次，到這邊整台掛掉，也看不出哪裡有問題……難道阿飄界的愚人節是在跨年這天嗎。」

「……」

「不過話說回來，早知道事情會變得這麼好玩，就應該把被圍毆的同學綁上車一起來看日出。」嚴司嘿嘿嘿地笑著。

「你還邀了玖深。」黎子泓無奈地搖頭，很擔心那個眾所皆知最害怕莫名事物的鑑識人員自己開車會不會出問題，如果將人嚇到出意外就不好了。

「嘖，玖深小弟須要鍛鍊啦，多看個幾次就可以練就鐵膽雄心一粒，之後只要努力升級就好了，總有一天會很堅強。」嚴司很相信同僚的運氣。

深深覺得應該堅強不起來的黎子泓嘆了口氣，直接轉移話題：「幾點了？」

「快四點了……是說你有沒有覺得霧散了很多？」看著車外散去的濃霧，嚴司說道：「你會不會很冷？」

「還好。」看著捲成一團的破爛雪衣，黎子泓也沒有心情再穿上，雖說這種溫度最好還是繼續穿。

「啊啊，才過新年就遇到這麼多神奇的事，說不定今年會是個好年喔。」嚴司躺在打斜的駕駛座上，笑嘻嘻地說：「你看，我們認識這麼久，照理說像我們這種職業的應該也會常常碰到，但扣掉被圍毆的同學那幾次，就眞的幾乎沒有，這樣算不算是新年驚喜。」

黎子泓偏頭想了一下，決定不予置評。

而且他覺得認識嚴司好像是這輩子最大的不幸。

還有誰和你這種職業會經常碰到，直到退休什麼都沒有遇過的同行才是佔了大多數。

「欸，這次很抱……」

「有人來了。」沒注意到友人在講什麼，看到後面有燈光的黎子泓轉開頭，很快地看見出現在山路上的來車。

「咦？等等，那是玖深小弟的車吧？」看清楚車輛後，嚴司有些意外。

只眨眼時間，來車就停到他們旁邊，搖下車窗後果然是約好的青年。

「怎麼有兩輛啊？」玖深停下車子，看了眼陌生的第二輛車，歪頭。

「說來話長，你怎麼這麼快到啊？」看了看時間，距離他打電話給玖深還不到兩個小時，嚴司注意到副駕駛座除了阿柳之外，後座好像還有第三個人。

「快？我以為有慢了一點耶……」玖深還沒講完，後車門就開了，一名對嚴司兩人來說很陌生的男人倉皇跑下。

「那台車上的女孩子呢！」男人撲過來，直接抓住嚴司的車門。

「……你該不會是她男友吧？在後面睡覺喔。」嚴司指指後頭的乘客。

接下來便是一段男女朋友淚泣甜蜜復合的戲碼。

無視那兩個抱在一起散發粉紅泡泡的男女，玖深和阿柳拿了工具下車，打開引擎蓋，「我們是在經過民宿遇到的，好像是說跟女朋友吵架啦，女朋友丟下一句要去看日出就把車開走了，他很緊張但找不到願意載他的車輛，剛好在路邊攔住我們的車。」

「也太巧……對了，你們怎麼也兩個？」看了旁邊在幫那對男女朋友檢查車的阿柳，嚴司沒想到玖深還招了伴。

「喔，我本來要自己來啊，阿柳說反正他下班回家也沒事幹，剛好就一起上來了。」其實很慶幸有人一起來的玖深咬著手電筒說道。

「我們兩個輪流開車比較安全。」阿柳聳聳肩，另外個原因就是怕同僚這時間自己上山搞不好會被突發狀況嚇到把車開進山溝裡。

「……你們是什麼時候出發的？」站在一旁的黎子泓計算著時間，越想越不對。

「咦？十二點半啊，阿司打給我時，我剛好要離開喔……對吧，阿柳。」玖深和同伴看了一眼，後者點點頭。

「不對啊，我打給你的時候應該是兩點左右。」嚴司連忙開口。

「沒有啊，我們出來時剛好跨年晚會散會，是十二點半那時候沒錯。」

這次換嚴司和黎子泓面面相覷了。

「你們的錶幾點？」黎子泓看了自己的錶，是三點五十的時間。

「四點十分。」嚴司瞄了一眼。

「三點。」玖深抖了一下。

旁邊的情侶還在摟摟抱抱。

「我看你們不要再去思考那些事情，快點把車修好走人吧。」關上了引擎蓋，阿柳直接打斷沉默三人組。

「其實我剛剛就想說了……」玖深馬上強迫自己停止去想那些不科學的事，然後轉向旁邊還在研究手錶的嚴司，「阿司，你的車沒壞啊，一點問題都沒有。」

「呃……」

□

折騰了好一段時間，他們最終到達了預計要看日出的目的地。

可能因爲跨年，雖然他們挑了比較少人的路段，但還是有好幾台車子停在附近，另外也有日出觀光車正好來到這邊。

「沒想到要跨個年這麼艱辛啊。」趴在方向盤上等時間，嚴司嘖了聲，他剛剛忘記跟那個女生拿回雪衣了，結果情侶復合之後就高高興興開著車跑掉，也不知道跑去哪裡了。

坐在一邊的黎子泓冷冷看了友人一眼，默默決定明年把手機關機，不管是誰打來都不要接了……乾脆去外縣市住宿好了。

「明年我請你去吃大餐跨年好了。」嚴司朝旁邊的友人比了記拇指。

「……再說吧。」剛剛跟玖深校準過時間，黎子泓見差不多已是日出時刻，天色漸漸發亮，「你要車上看還是下車？」外面已經有不少人對著藍色的雲海興奮地叫著與拍照。

「來到這種地方當然是下車啊。」嚴司很興奮地翻出相機。

「好，你慢走。」他決定窩在車上。

「什麼叫作我慢走，你這種發言對嗎！我們兩個歷經千辛萬苦終於來到這個地方，按照程序現在應該要歡愉地下車享受戰果啊！」看著外頭，原本在抱怨的嚴司突然話語一轉：「好吧，你等等再下來。」

不知道對方要幹什麼，黎子泓只看見友人縮著身體跑出去，關門前還聽見已經在外面的玖深傳來驚呼：「阿司你們居然沒帶大外套，是真的想新年第一天山難嗎……」

黎子泓嘆了口氣，無奈地整理好衣服，也跟著踏出車外，一開門迎面就來股冰風，整張臉瞬間麻了。

清晨這種時間高山上實在很冷，連他也感到吃不消。

「先穿上這個。」阿柳連忙拿來件平常用的外套包住只穿了件普通外套的人，「雖然不保暖，有總比沒有好，你們兩個也太誇張，我還以為只有阿司不怕死。」

「快快快，還有熱茶。」玖深連熱水壺都拿出來了，「阿司凍死一個少一個、反正他看起來很難死，你小心一點。」

「他人呢？」接過熱茶，黎子泓反而沒看到先一步出來的友人。

「剛剛看到好像跑過去觀光車那邊了，快點看雲海好漂亮。」與阿柳一左一右把人擠著，玖深拿出相機努力拍照。

「喂喂你們居然完全不管我，這樣對嗎。」

還沒回頭，黎子泓就感覺到有個厚重的東西蓋了下來，一抓居然是件有點舊的深藍色厚外套。

「帥吧，剛剛去觀光車跟司機搭訕借來的，他們那種車上都有幫觀光客準備的禦寒外套，司機大哥說回去之後寄還給他就好了。」也套了一樣外套的嚴司把肥厚的軀體不客氣地擠進來。

「虧你敢去借。」阿柳直搖頭。

「別這樣說嘛，我人緣好也是沒辦法的事，大哥還說下次我們要搭觀光車可以打折，還給我名片咧。」嚴司秀出拿到的名片，完全無視其他人的無言，很樂地自己又收了回去，「你那件被穿走的我回去再買還給你。」他還記得雪衣是從黎子泓家裡拿來的。

「不用了。」套好外套後，終於感到一絲溫暖的黎子泓呼了口氣，悠悠說道：「你難道自己沒發現嗎，那是你之前寒流丟在我家的外套。」

「咦！眞的嗎！」嚴司震驚了，「完全沒印象，多久以前的事啊！」難怪他會覺得那件外套如此合身。

「阿司你下次來住我家好了，我還滿缺一些生活用品的。」玖深很渴望地看著記憶力不好的人。

「玖深小弟，難道你很希望聽床邊故事嗎。」

「……算了。」

「不知道是不是我的錯覺，降雪了嗎？」摸了摸剛剛一直沾到冰冰東西的臉，阿柳伸出手，一點點小小的東西掉在他手上。

「啊，好像有一點。」

看著深藍色的雲海，黎子泓完全沒去管旁邊的騷動。

他也不是第一次看雲海跟日出了，以前登山活動多的是，那時候同學們也是像現在這麼興奮。

這幾年忙了，偶爾爬山也很少爲了什麼特地搶時間攻頂，好像已經很久沒有這麼悠閒地看日出。

人忙碌之後，果然還是會失去很多以前認爲有趣又平常的東西。

把杯子蓋回熱水壺上時，金色的光從雲海末端切開天空，引起人群不一的驚呼聲，快門聲更是到處響起。

「日出跟雪還滿漂亮的。」嚴司靠在友人旁邊，愉快地說：「決定了，明年再來看好了……欸，不要走掉啊，才剛開始日出而已耶，好歹也來句新年快樂吧——」

「是、是，新年快樂，鑰匙拿來，回程我開。」黎子泓語氣平板地回道。

「新年快樂。」嚴司把鑰匙交過去，「啊，不然除夕再來看一次好了，反正今年除夕還滿早的，而且路段我都熟了。」

「不要。」

「你幹嘛跟被圍毆的同學一樣如此堅決。」

「就是別想。」

這次絕對不要。

後來……

跨年之後的某一日，虞因被嚴司找出門。

「我前室友說我的車有問題，被圍毆的同學你覺得呢？」

一直記得那隻大檢察官的話，嚴司特地挑空抓專家出來鑑定。

虞因有點絕望地看著到現在還完全無感的某法醫，搖搖頭，語重心長地拍拍對方的肩膀，「我覺得無知也是一種幸福。」

「……嗄？」

〈日出〉完

# 年節

# 1.

「二爸，快起床。」

冬季早上，虞夏通宵忙碌到清晨四點、將後續工作交接完，直到指針指向五時，才好不容易冒著刺骨寒風回家，剛窩到沙發上沒多久，某團有點沉重的東西急速從屋子不知哪個角落飛射出來，重力加速度地直接壓在他背上。

原本睡得昏昏沉沉的虞夏在物體發出聲音的那瞬間徹底清醒警戒起來，反射性想把身上的東西摔飛出去，倏地意識到自己是在家裡，那團「東西」是他那隻小學已經開始放寒假的姪子。

一秒又倒回沙發上，虞夏擺爛地隨便對方去折騰，反正小孩也坐不死大人，頂多就是像條蟲一樣爬來爬去有點癢而已。

除夕前一天，他難得臨時被放了五天假，可以就這樣一直躺到大年初三再回去報到……大概是因爲昨天查緝時，他往主謀臉上揮了一拳的關係。

聽說主謀好像是什麼東西的兒子，偵訊過程罵咧咧地還想拒捕、撞傷幾名員警，他覺得沒把對方打成豬頭算客氣了，起碼對方靠山來時還認得出來。

總之，這是難得的假期。

感謝欠揍的主謀及智障的官員。

背後的小孩發現癱死在沙發上的大人毫無動靜後，開始進一步動作。

「大爸說今天我們要一起出去採買喔，大爸沒空，我們要乖乖幫忙家裡買東西。」在男人背上按來按去半晌，沒得到反應的虞因整隻趴倒，從褲袋抓出沾有某種醬料又縐巴巴的紙和幾張大鈔往對方臉上塞去。

「……再十分鐘。」空出沙發外的手在地上抓了抓，虞夏抓到掉在下面地毯的靠枕，抄來墊著頭繼續短暫補眠。

「好。」

於是他們兩個就這樣從上午七點一路睡到中午十二點。

迷迷糊糊中，虞夏好像有聽到一、兩次電鈴的聲音，第二次小的有爬起來跑出去，但過了一會兒又跳回他背上繼續跟著睡。

終於睡飽起身時，虞夏把同樣睡眼矇矓的小孩抓下來擺到手邊，然後用力伸伸筋骨。

雖然買的是加長沙發，但在沙發上睡果然還是會腰痠背痛，幸好工作因素，有時坐著板凳也會爭取時間補眠，相較之下沙發的條件已經算很好。

坐在一旁打了個哈欠，虞因揉揉眼睛。

「剛剛那是誰？」虞夏站起身，洗漱完畢開始準備出門的東西。他哥早在前兩天就把房子大掃除過了，剩的工作多半只有採辦年貨，每年都要來這麼一次，會買的東西就那幾樣，店家多年來也固定那幾間，並不太難。

「沒有人。」仰著頭看著大人的一舉一動，虞因搖搖頭，「空空，沒半個人。」

從沙發上拉出小外套，虞夏塞在小的懷裡，讓他自己穿好外套，然後再幫忙打好圍巾，「約法三章，大人出門時，小孩跟著要怎麼做？」

「手牽手，不要亂跑。」虞因舉起手，很快地回答。

「如果亂跑會怎樣？」

「會被吊起來掛在天花板上。」

虞夏點點頭，繼續問道：「那如果被人潮沖散或走丟呢？」

「在原地等，不可以跟陌生人走。」

「如果陌生人要拐你走呢？」

「大喊綁架犯要吃小孩了，然後插眼睛插鼻孔還是踢雞雞都可以，要引起很多人注意。」虞因歪著頭，想了想平時大人的教育，隨即有點困擾地皺起臉，「可是上次大爸說不要插眼睛耶，會受傷。」

「都要綁架小孩了你管壞人會不會受傷，插一個是一個，壞人是沒人權的。」虞夏一秒推翻兄長的再教育，重新加固小孩的記憶：「要記得，出門在外保護好自己，千萬不能可憐壞人，可憐壞人就是自己吃虧，人家會撕你票，你管他會不會被插瞎。插瞎他比較好，還是被他撕票比較好？」

「……插瞎他比較好。」被撕票就直接死翹翹了，虞因知道大爸、二爸都辦過這種案子，有小朋友死掉，他有一次跟大爸出席了葬禮，還看到死掉的小朋友在看他，那個模樣害他作了一段時間的惡夢。

「那就對了啊。」揉揉小孩的腦袋，虞夏一把抄起小孩，「出門，辦年貨！」

□

虞家的過年一直很簡單。

因職業關係，虞佟和虞夏成年後已經很少在老家過年，偶爾一、兩次正好同時放假才會一起回家，否則大多時候都是過年後才會挑個時間帶小孩返鄉，正好也能避開一些老家親戚長輩們的碎碎唸與不能免俗的各種催婚攀比。

往年除夕，留守同事們會在局裡煮火鍋，默契地你帶拿手菜、我帶一些食材之類，讓沒辦法放假的人也可以在局裡一起圍爐，就住在附近的家屬通常會過來幫忙，女眷、小孩在空出來的小廚房煮食，熱氣蒸騰，氤氳繚繞，冰涼的空間變得熱鬧許多。

虞因出生之後，虞佟的妻子會提早幾日帶小孩先回老家過年，女性意外過世後，前一、兩年虞因也會讓爺爺、奶奶帶回去，但很快地，他就吵著要跟爸爸在一起、要和局裡的哥哥叔叔們煮火鍋什麼的，還可以領到很多紅包。後來就變成小孩也隨著大人一起在年後回去老家，同時去找外公、外婆。

總之，這就是他們現在的生活模式。

虞夏看著手上縐巴巴的紙條，果然也就那幾樣必要物品，囑咐最多的是煮火鍋的生鮮材料，年糕蘿蔔糕發糕那些虞佟都已經提早預訂、錢也付清，採買完畢再繞路過去向店家領就行了。不過因爲數量很多，還是得開車去。

就算已經中午，熱鬧的市場依然維持高密度人流，他們只好把車停在遠處的停車場，再步行過去。

「人好多喔。」掛在虞夏的背上，虞因看著滿滿人潮。

「嘖。」一想到要搶魚搶肉搶青菜，虞夏就有種不想走進去的感覺。吸氣剛踏出一步，他敏銳地皺起眉，一把扭住旁邊中年人正從前面的歐巴桑皮包中拿出小錢包的手，對方毫無預警地直接發出一聲痛呼，引起周邊人的注意。「現行犯你知不知道。」

中年人被打斷好事，馬上露出凶狠的表情，「死小鬼！少管閒事！」

「現行犯會死翹翹喔。」虞因跟著在後面數落扒手。

「你們這兩個臭……幹幹幹——」正想擺出凶狠流氓的姿態，中年人在虞夏一轉手後，變成吃痛的慘叫聲。

「大過年的當扒手，信不信我現在就扭斷你的手！」虞夏完全不客氣地繼續折對方的手腕。

四周被驚動的婦女們連忙查看自己的包包，然後讓開一小塊區域。

接著，在附近的巡警快步跑來。

「幹！警察大人，死小孩誣賴我——」

「學長好！」沒有去看痛到縮起身體的中年人，制服員警連忙站正向虞夏打了招呼。

「我今天放假，這個扒手就交給你了。」無視對方一臉傻眼的表情，虞夏把中年人丟給認識的員警去處理。

「又一個，年關到了抓不完啊。」員警斜了中年人一眼，沒好氣地發現還是個熟面孔。「又是你，昨天才被抓，今天又犯嘎！」

「混口飯吃咩……」中年人縮著肩膀乖乖被押走了。

擠進人群開始採買後，虞夏又從裡面踢了兩個扒手出來，其中一個身上除了搜出好幾個錢包，竟然還有金飾項鍊手錶手機等等物件，全都送到派出所去等人招領了。

「去年業績好像是四個吼。」幫他處理腿庫的大叔哈哈大笑著：「不過這裡早上就已經抓了兩個，景氣不好，扒手小偷跟著變多啊。我嘛一直跟客人說要小心錢包，還有人沒事戴金鍊子來人擠人，結果一個沒注意，連鍊子都被扒走了，你看現在的扒手說有多會偷就有多會偷，更別說機車座椅了，不知道啥時候才會減少。」

「慣竊很難改得過來，煩死了。」往旁看了下小孩，虞夏開口問道：「還要吃什麼？」

「不知道。」虞因巴巴地看著攤位上的肉，在他眼裡看起來都差不多，不知道這些在大爸手下會變成什麼菜。

「啊，小孩子正在發育，多吃點豬肝補補也不錯，就送你一片啦。」大叔順手從鉤子上拿下了豬肝打包，「可以炒麻油，跟你哥講一下，他知道做法。」

「謝謝叔叔。」有人送東西就要說謝謝，虞因一秒道謝。

離開了豬肉攤，因為接連購買物品太多，虞因乾脆爬下來抓著虞夏的褲子，努力地跟著奮鬥勇闖人群。

再踢出一個扒手之後，虞佟交代的東西總算差不多採買齊全。

「鳳梨是旺來。」終於脫出人潮，虞因玩著手上綁著紅緞帶的小鳳梨，坐在虞夏旁邊跟著一起休息，「旺旺來。」

看了眼水果攤老闆送小孩的小鳳梨，虞夏點算著地上的大包小包，有些東西等等要繞路去其他店家買才行……

「學長！」

剛剛的年輕員警又跑過來，「太好了，你還在。」

「怎麼了？」見對方神色有點急切，虞夏把紙條塞進口袋。

「隔、隔壁幾條街有青少年持刀械鬥毆……」剛剛收到緊急通知，正想過去支援的員警突然想起踏入這神祕的工作領域後，直屬學長告訴過他，人在江湖遇到危險狀況時，如果附近能找到虞夏，一定要跪求他去幫忙，可以減少己方人員的損傷，大大增加生還機率。

然後他就來了。

「附近支援到了嗎？」虞夏皺起眉，大過年的，這些白目小孩就不能休息一下嗎。

「我們這邊最近，要先趕過去。」員警連忙說著。

「阿因會乖乖在原地，顧肉顧青菜，二爸掰掰。」坐在一邊的虞因很熟練地舉起手，類似狀況他不知道已經遇過幾次了。

「……你和這個警察哥哥在這邊等。」虞夏轉過頭，拍了一下員警的肩膀，「顧好我兒子，我馬上回來。」

「喔、是！學長！」員警戰戰兢兢地目送對方離去。

「哥哥可以坐這裡。」

拍拍身旁的空位，虞因閱兵般地檢查菜肉都有乖乖在原地沒有亂跑後，就晃著腳繼續玩有點刺的鳳梨，「約法三章，大人有急事先離開時，小孩要乖乖聽話，不可以亂跑。」

「呃，阿因很乖。」員警也不敢真坐，只好繼續看顧附近來來往往的人群。

「謝謝。」

過了十分鐘，虞夏還沒回來，怕小孩餓到的員警在旁側攤位先買個烤鴨捲餅給虞因，然後邊聽著無線，邊盯著周遭狀況。

咬著捲餅，虞因一回過頭，就看見有個小女孩蹲在旁邊看他們的魚肉青菜，小女孩白白的臉上貼了幾個OK繃，看起來比自己小一點。

他還沒開口問對方是不是迷路了，小女孩已先站起來對他說話，聲音颯爽明亮，不像學校其他女生扭捏：「欸，魚眼睛濁濁是不是不新鮮啊？」

「啊？」

「我剛剛看你們的魚，眼睛都清亮清亮、金金的，可是我阿母剛剛被芭樂的老闆亂推薦啥小四條一百，買了眼睛濁濁的。」小女孩環著手，嘖了聲，一臉對四條一百感到唾棄。

「……那個不新鮮。」虞因被大爸教育過好幾次，有基礎分辨能力。

「我就知道，黑心奸商！放火燒他攤。」女孩咬牙切齒。

「……妳媽媽呢？」還不至於爲了魚燒攤位吧？

小女孩跳上男孩旁邊的空位，理所當然地開口：「走不見了，不過我阿兄應該等等會找過來……啊，來了，先閃人，新年快樂。」

「新年快樂。」看著女孩邊揮手跑進人群，跟另一個略高些的男孩子一起離開後，虞因才收回視線繼續吃他的食物。難怪大爸都說不要亂買東西，貪小便宜很容易買到不好的物品，尤其是逢年過節，這種混水摸魚的商人特別多，還會有把不好的東西假裝成是好的騙人花很多錢買回家，眞是超壞心。

捲餅咬到一半之際，他突然發現不知道什麼時候身旁空位坐著一個大姊姊，長長的裙子很漂亮。

他歪著頭，看著幾乎沒有正常人血色的姊姊。

似乎注意到他的目光，大姊姊露出淡淡的微笑，下一秒便消失在空氣當中。

「怎麼了嗎？」幾步遠的員警小跑過來。

「沒有。」虞因搖搖頭，把剩下的捲餅吃乾淨，然後把塑膠袋綁好，丟進垃圾桶。

五分鐘後，虞夏匆匆趕了回來。

早一步從無線電聽到事情解決、鬧事的青少年鼻青臉腫地被扣押回局裡了，員警連忙向虞夏道謝。

「沒什麼。」已經盡快處理掉那些小白目，虞夏看著地上生鮮依然有點退冰的跡象，雖然天氣溫度很低、車裡也有保冷箱，但他決定先回家一趟，再去買齊剩下的物品。

小員警聽著學長輕鬆的語氣，一臉崇拜、雙眼星星。

剛剛同事用手機傳來了對方口裡「沒什麼」的現場實況——虞夏一到秒把現場七、八個持砍刀尋仇鬥毆的青少年一口氣撂倒在地，還往帶頭的臉上呼了幾拳，立刻就讓血氣方剛的死屁孩滿臉鼻血地哭了出來，然後他本人完全沒事，到場支援的警力也一擁而上圍捕了這批青少年，幾乎眨眼瞬間完成了所有壓制。

附帶一提，這群小智障除夕前夕搞這齣濺血事的原因竟然僅是其中有個人的弟弟前陣子考試考贏另個人的妹妹，考輸那位的哥哥不滿對方當自己的面囂張他弟弟進步拿第一，雙方一言不合對罵後結仇，後來越想越氣，血氣上腦就揪兄弟尋仇。

簡稱每日奇葩事又一樁。

員警認爲，直屬學長眞的沒有騙他，以後他一定要這樣告訴自己的學弟們，完成這項神聖的傳承。

當然不知道對方在想什麼的虞夏打過招呼後，就和虞因一起搬著年貨走回車子。

花了點工夫把大包小包放進後車箱，一關上車箱門，虞夏回過頭就看到幾個很不友善的陌生男女圍在他們周圍，每個看上去都流裡流氣的，不是什麼好東西的模樣。

停車場附近的人看見這種陣仗，急忙躲避，就怕自己無辜惹禍上身。

「你就是今天一直在亂抓人的臭小鬼嘛。」

一開口，虞夏就知道對方來歷了。

十之八九是扒竊集團，除了獨立犯案外，現在很多犯罪都已組織化了，不管是詐騙還是扒手，經常會是兩人或三人以上互相掩護，抓了一個不代表結束。除了傳統扒包包之外，還有一些是其中一人搞些花招吸引目標注意，另一人趁其疏忽時下手，更絕的是，有些少見的多人團體會刻意包夾、推擠目標，好讓同伴有更多機會下手。

總之，什麼五花八門的扒竊方式都有，最可惡的是連小孩都拐走。

大概是因爲他今天踢了不少出去，那些人的同伴仗著人多來報復了。

不過這也證明這些人可能是這一帶近期才結成的年輕犯罪團體，得手多、被抓少，養出了氣焰，否則應該不會這麼大剌剌又囂張地出現在他面前，更別提剛剛幾條街外才發生青少年被捕的事，但凡他們有點智商在線，都不會挑這種附近可能還有不少警力的時刻出頭。

相當習慣這種場面的虞夏抓抓臉，讓虞因先進車裡，「你們就乖一點自己去過年不是很好嗎。」大過年的，他也很想清靜地放假啊，都難得有假期了。

「——敢跟我們作對，你就等著粗飽！」

坐在車裡的虞因繼續玩鳳梨，順便吃兩口小點心。

五分鐘後，虞夏敲了敲車窗，虞因才打開鎖，把車鑰匙遞給對方，「二爸要回家了嗎？」

「差不多了。」從車裡翻出礦泉水沖洗手上的擦傷，虞夏不忘交代唯一的目擊證人，「今天你爸回來，如果有問到爲什麼扒手集團手骨折，你要跟他說什麼？」

「二爸有用和平的方式解決。」

「正確答案，午飯賞你好料的吃。」發動車子，虞夏也開始覺得餓了。

「吃潤餅。」

「那是清明節的。」

「有賣啊，大爸常常買那家，好吃。」

「好吧，那就潤餅。」

虞因轉過頭，看見那個長裙子的大姊姊站在外面微笑著向他揮手，他也很高興地跟對方揮手再見。

然後大姊姊又消失了。

# 2.

「嗯嗯，魚我有先放到冷凍。」

從市場回到家之後，虞夏一邊夾著手機，一邊先處理容易壞掉的魚肉。他們家有個獨立冷凍櫃，不擔心東西太多塞不進去。「有，阿因吃過午餐了……啥？我沒有去十五街啦，那個跟我無關，飛車搶劫被路人追到摔車而已，很平常啊。」

「二爸這個要放哪裡？」

瞄了眼虞因提來的火鍋肉片，虞夏順手接過往冷凍櫃塞，「好了不說了，我還要去拿預約的東西。」

掛掉手機，虞夏把蔬果分類好放到一邊的箱子裡，這是過年幾天家裡的糧食。

「啊，大爸說要拜天公，記得買金紙。」蹲在一旁看分類，虞因突然想起早上虞佟出門前的交代，「除夕還要拜地基主。」

「等等出去會一起買。」

差不多處理好物品，虞夏正要拎小孩再次出門時，手機又響了起來，「阿義嗎？我在家……」

看虞夏在和同事講電話，虞因走去客廳，趁著大人在忙，快速拿了一把桌上的娃娃酥吃，接著電鈴響起，他就自己跑出去看是誰。

站在外面的是陌生人。

從鐵門鏤空小洞看向門外不認識的人，虞因有點疑惑，尤其對方還下壓戴著的鴨舌帽，看不太清楚臉，在對方按第二次門鈴時他才開口：「找誰？」

「我啦，爸爸媽媽在不在家？」門外的人湊到小洞邊回問。

「叔叔在家。」

「你小叔叔喔？那不是哥哥嗎，可不可以給我開門？我在外面等很久了。」對方的聲音變得有點疲倦，是那種很容易引起同情的語氣。「我和你爸爸講好今天下午會來，還帶了禮盒跟玩具要給你，先幫我開門一下，東西有點重。」

「你等等，我叫叔叔來幫你開。」自己開可能會被二爸掐死，虞因謹記著不能幫陌生人亂開門，然後一跳一跳地跑回屋裡。

進屋之後，虞夏正好結束通話。

「二爸，有客人說要找大爸。」

「客人？」挑起眉，虞夏可不知道他哥今天有什麼客人。因爲過年前後局裡經常很忙，所以親朋好友幾乎不會挑在這種時候拜訪，要來的大多也會先打電話通知。

「嗯，在門口等。」

夾著小孩走出屋子，虞夏打開大門，果然如他所料沒看到什麼人，他不動聲色地走出來，查看了下自家大門和柱子、地面，接著邊打電話邊回到屋裡，「佟，我們隔壁鄰居是不是有說要回老家過年？」

得到確認回覆後，他若有所思地掛掉電話，放下手邊的小孩，「阿因，你有看到對方長什麼樣子嗎？」

「沒有，戴帽子。」

「嗯，我知道了。」

和附近派出所打過招呼，虞夏和虞因繼續下午的採購之旅。

□

「今年你哥訂比較多喔，這樣拿得動嗎？」

製作米食類的店家在虞夏到店後，指著旁邊三大箱沉重的年糕、蘿蔔糕，「很重喔，我老婆說多送你們幾斤蘿蔔糕，要請其他除夕還在上班的警察們吃。」

「謝謝。」其實虞佟今年已經多訂了不少要帶去局裡煮年夜，市場那買的一大堆東西裡也有預留給同事的分量，不過既然是店家的心意，虞夏也不推辭，反正都是光顧多年的老商家了，平時往來密切，便誠心地替同事們道謝。

「阿因好像又長大了一點，小孩子每次看都有差啊。」上個月底看過虞因的老闆蹲下來捏捏小孩子的臉，「今天有沒有幫忙？」

「有，中午跟叔叔一起去菜市場買菜、抓扒手，扒手變好多。」虞因點點頭，認真報告：「破了去年的紀錄。」

「喔喔，好厲害，來，給你獎勵。」從一邊剛出爐的紅豆年糕上切下一小片，老闆把熱騰騰的甜食裝盤往小孩手上塞。

「謝謝。」邊呼熱氣邊咬著超柔軟好吃的年糕，虞因在旁邊等虞夏搬完箱子，邊看著忙碌的店員們招呼不斷上門買年貨的客人。

這家年糕相當有名，遵循古法手工柴燒製作，每年都要預訂才有貨，不然就是得當日現場碰運氣，他們這種購買量大的客戶自然得早早預約，爲了避開明天爆炸性的人群，甚至會提前一天過來領。

把三大箱食物塞進車裡，虞夏看了看紙條，「阿因，你在老闆這邊等一下好嗎？我去附近的店買齊東西。」因爲不太遠，乾貨醬料類就在轉進去的巷子裡，開車子去會阻礙交通，乾脆先暫停旁邊的空地，步行過去買。

「寄放沒關係啦，阿因旁邊坐，老闆請你喝汽水。」很喜歡孩子的老闆熱絡地抱起虞因，放在旁邊的椅子上。虞因也算是他從小看到大的小孩，他知道兩兄弟的背景和小孩母親的事故，幾乎把人當成自己小孩一樣疼惜。

「好喔，二爸掰掰。」揮手目送虞夏快跑去辦貨品，虞因接過老闆倒來的汽水和加切的一盤小年糕，乖乖地等待。

所以說他超喜歡在這裡過年，一大堆叔叔伯伯嬸嬸阿姨會給他很多好吃的東西。

一邊揮汗繼續炊煮米食，站在一邊的老闆有一搭、沒一搭地跟著小孩聊天：「阿因你在外面好像都叫夏叔叔喔？」也不是第一次聽小孩用不同的叫法，他實在有點好奇。

「李臨玥說不可以在外面亂講，會被其他小朋友笑家裡很奇怪。」虞因歪著頭回答：「外面跟別人講要叫爸爸跟叔叔，老師也這樣教，所以自己講自己的，跟別人就要說大人的。」

李家也是他們的老客戶，老闆當然認識那個很漂亮的小女孩，「這樣喔，我是覺得沒差啦。」

「唔……」

放著苦惱的虞因，老闆轉頭回應了店員忙碌的呼叫聲，先放下手上的工作過去幫忙。

正想找回收桶把空杯子丟掉時，一跳下椅子虞因就發現旁邊站著一個男孩，戴著針織帽，見到自己在看他，便衝著自己笑了下，笑容暖洋洋的，令人很舒服。

「你迷路嗎？」看男孩身邊沒大人，虞因好奇問道。

男孩指了下正在採買的大人群，「我在等人。」

「喔喔，我也在等人，要吃嗎？」拿下桌上的小盤子，虞因很愉快地與對方分享年糕。

「謝謝。」接過年糕，男孩在口袋掏了掏，拿出了幾個梅子糖給虞因，「一起吃。」

虞因道過謝，推來椅子和不認識的小朋友一起等大人。

中途店老闆有抽空來看一眼，發現多一個有點意外，但非常親切地又切了一小盤年糕過來餵食看起來同樣討喜的小孩。

大概十分鐘後，男孩家的大人就來了，還向店老闆道謝，接著買了些年糕之後便帶著孩子離開。

離開前，男孩還朝虞因揮揮手，「以後應該會再見喔，新年快樂。」

「新年快樂。」聽不懂對方的意思，總之虞因也朝他揮手。

沒過多久，虞夏也回來了，手上還多帶了好幾包零食。

「新年快樂啦，明年再多光顧喔。」

揮別米食店老闆，虞因快快樂樂地抱著零食和虞夏一起回家了。

□

晚間，忙碌一天的虞佟也回來了。

虞因在外面幫忙擦桌子時聽到大爸在問二爸今天為什麼把扒竊集團的手打斷，二爸則是一直推說沒有，因為沒來問他，所以他就繼續洗抹布再把桌子擦乾淨。

「阿義是不是有打電話給你？」虞佟換下襯衫，捲起休閒服的袖子，站在廚房開始著手可以先燉滷起來的東西。大量魚肉等食材，市場的老闆們已先做過處理，也有人幫忙清洗過，所以倒不用額外再花精力，只要分批料理就好。

「有，就那個豬頭的老子又報案了。」站在一旁幫忙削皮的虞夏說道：「昨天忙到很晚那件，他兒子開毒品趴被我們抄到，前一天還涉嫌酒駕撞人，揍他一頓算客氣了。」

「唉，別老是把人揍出傷，雖然放五天是好事，但是又得罪人……算了，爲什麼又報案呢？」今天一整天都在支援別件案子的虞佟只聽說虞夏的小隊又有騷動，不過還不曉得是爲了什麼。

「他女兒不見了，有人看到是被強拉上車。不過他沒有按照程序報案，反而跑來我們辦公室鬧，說我們有空抄他兒子找麻煩，他女兒不見我們竟然不肯幫忙什麼的。」把削好的芋頭放在一旁的鍋子裡，虞夏繼續拿下一顆，「不過阿義說他女兒其實很乖巧，調查了下發現是資優生，跟她老子和她哥完全不一樣，完全是兩個世界的類型，眞不知道那種渾蛋家庭爲什麼會生出那種乖小孩。」基因突變嗎？

最煩的是那豬頭老子清晨才在他們辦公室拍桌咆哮說要找議員來釘死他們，叫他們少管閒事，吃飽撐著也要看別人後面是誰，不該動的最好就自己乖乖閃邊；中午就來鬧說要他們幫忙找女兒，還說警察就是不清掃社會毒瘤敗類，才害他女兒失蹤，不知道納稅人繳錢養他們幹什麼。

「不過我想高機率是尋仇……反正局裡那些高官已經要人受理了，同仁們會去調監視和追蹤，大就這樣。」既然他都被勒令放假，長官還嗆說不准他踏進警局，不然大家走著瞧，所以虞夏自然不去插手這件事，一切就按局裡安排的流程吧。

反正出問題又不是他出，誰允誰的鍋。

「嗯，你安心地休息吧。」

虞佟才這樣說完，虞夏的手機又響了，後者沒好氣地放下刀和芋頭，走去外面接電話。

大概還是局裡的電話吧。

雖然那些高官很厭惡虞夏平日的較眞勁，但眞的發生大事時還是不得不仰仗他弟的身手與果斷，這也是虞夏一路走來得罪那麼多人，長官們依然不願意把他調走的原因。

微笑地搖搖頭，虞佟轉向旁邊正在推菜箱的虞因，「阿因可以去幫忙拿一下衣服和眼鏡嗎？」

「平光的那個？」

「嗯。」

虞因跑去找東西後，虞夏一邊按著手機，一邊走回廚房，「那個……」

「我叫阿因去拿眼鏡了。」虞佟完全知道自家兄弟在想什麼，虞夏原本就不是會放著小隊被人叫罵的個性，雖說不想管，但還是沒辦法丟著不理，尤其頻頻接到來電，他不回去看看肯定不會放心，「就說我幫你過去看看吧。」

「謝啦。」

「不用客氣，別出手揍人就行。」

接著虞因抱著襯衫和眼鏡跑下樓，讓虞夏快速換上虞佟平常穿的服裝，「二爸，還有這個。」搖著手上的保溫杯，剛剛去裝熱茶的虞因舉高手遞給對方。

「不用等我吃飯。」拿了車鑰匙後，虞夏匆匆走人。

「二爸掰掰。」

送了虞夏出門，虞因扠著手，決定今天要更努力幫忙，接著一轉頭，就看見虞佟端著杯子從廚房走出來，「阿因來坐。」

「咦？不是要煮飯嗎？」接過自己的小杯子，虞因愣愣地看著自家父親和藹可親的微笑。

「嗯，等等煮，今天晚餐有阿因喜歡吃的菜，我們一起做吧。」摸摸虞因的頭，虞佟溫和地說著：「可是，爸爸剛剛看見二爸手上有擦傷，阿因可以告訴爸爸，二爸今天出門時，拿拳頭去揍了什麼嗎？」

「呃……」虞因一秒往後退了一步，「二、二爸有和平……」

「阿因，對爸爸說謊的小孩會怎樣呢？」微笑著，虞佟緩緩喝了口熱茶。

「會、會良心不安……」

「那麼阿因是不是要乖乖地誠實報告呢？」拍拍身邊的座位，虞佟看著自家小孩戰戰兢兢地走過來，有點好笑地問道，「爸爸知道你們今天抓了很多扒手，派出所的大哥們都有回報喔，所以二爸今天和平地做了什麼事呢？」

「和……和平地把別人解決掉。」

「大概解決掉多少人？」

「不知道，二爸有跑去別條街，阿因不知道全部多少。」虞因有點怕怕地看著從頭到尾維持微笑表情的虞佟，小心翼翼地回答。

「嗯，那我知道了，阿因好乖。」再度摸摸小孩的頭，虞佟加深了微笑，然後問道：「那麼，二爸如果問起爸爸有沒有講什麼，阿因要怎麼回答？」

「大爸什麼都沒講。」只有問，大爸最可怕的就是只有問。虞因很快回覆對方的問題。

「沒錯，那我們來煮飯吧，二爸今天大概會很晚才回來，等等吃飽再來煎發粿吧，明天除夕夜大家一起去局裡圍爐。」

「好。」

□

那天晚上，因爲虞因實在太想睡覺了，所以在虞佟準備拜天公時，他已經倒在沙發上睡死。

然後他作了一個夢。

那個穿長裙子的姊姊坐在公園的鞦韆朝他微笑。

很自然地，虞因也對著漂亮姊姊微笑。

「姊姊不用回家圍爐嗎？」虞因歪著頭，走到鞦韆邊，很好奇地看著姊姊。

姊姊搖搖頭。

虞因想了想，提議：「那跟我們去警局過年啊，哥哥姊姊叔叔阿姨很多，紅包很多，還有火鍋和很多菜可以吃。」

漂亮姊姊摸摸他的頭，說了聲「好呀，不過小朋友你要先跟警察爸爸說，姊姊在公園旁邊的第三輛車裡面喔，找到的話，我們就一起吃火鍋」。

「好。」

半夢半醒間，虞因跟鞦韆姊姊打了勾勾。

然後好像聽見二爸回來的聲音和燒金紙的氣味。

「阿因怎麼睡在這邊？」

「剛剛還吵著要燒金紙，還沒開始拜就睡了，局裡如何？」

「調了周邊監視畫面，的確是被擄走，已經開始追蹤車輛了，剛剛抓到一個嫌犯，好像是他們老子的仇家，是尋仇沒錯，但是他不肯說女兒在哪邊，現在還在找。」

「眞麻煩呢……」

「明天再過去看進度……先把阿因抱上去睡吧……」

接著，虞因迷迷糊糊地被抱起來，他直接趴在對方的肩膀上，咕噥地說著：「二爸……姊姊要一起吃火鍋喔……在公園的第三輛車裡面……」

「什麼車？」

虞因打了個哈欠，揉著眼睛，很睏地一直點頭打盹，但努力把姊姊交代的話一字一字說清楚：「姊姊說……在公園的第三輛車子裡面，找到她就跟我們一起吃火鍋。」

「什麼姊姊？」

「裙子長長、很漂亮的姊姊……」實在是不行了，虞因繼續陣亡倒回虞夏的肩膀上。

完全睡死前，他感覺換了個人抱他，然後是又有人出門的聲音。

明天姊姊應該會一起守歲吧。

然後他被放到柔軟的床鋪上，有人摸著他的頭，「阿因，睡前要說什麼?」

「……爸爸晚安、媽媽晚安、二爸晚安，大家都晚安。」

「阿因也晚安。」

# 3.

「佟，找到了。」

第二天一大早，虞夏戴著眼鏡踏進辦公室。

因爲實在放心不下昨天的事，他和虞佟商量好還是再交換一天，正好讓他哥在家裡專心準備今晚的年菜。

負責追蹤案子的小隊員匆忙跑來，「跟老大昨天傳來的訊息一樣，我們連夜徹查關係地區中十八座大小公園，眞的找到了。」將手上檔案夾遞給虞夏，隊員說著：「這輛黑色廂型車正好在入口處的第三個停車格，查出來是附近張姓居民所有，已經將相關人等扣押。」

看著檔案照片，穿著漂亮裙子的女孩被塞在後車廂裡，臉色蒼白且眼睛緊閉，幾乎像具沒有聲息的屍體。

「父親認識車主嗎？」虞夏翻看檔案，裡面還有幾張女孩的全家福和個人照，原本是提供追蹤和辨認使用。因受到上級施壓，昨夜被指派的小隊幾乎沒睡地都在追查這件案子，除了找到被綁的女孩，同時也抓到擄人的相關嫌犯，現在正在偵訊，也找了那個豬頭來協助釐清案情。

「不認識，但主謀與另一個共犯他認得，說是土地糾紛吧，加上他兒子又常常拿K開趴鬧事，惹得道上一些人對他們很不爽，所以才抓他女兒要給他點教訓。」打了個哈欠，滿眼通紅的員警接回資料：「佟你回去再跟老大講一下，聽說那個來鬧的傢伙要揪人去報復抓他女兒的幾個人，已經被阿義帶隊攔下……大過年的眞是有夠麻煩。」

「好的。」又找他的隊員麻煩是吧，虞夏思考著除夕夜該不該違背他哥的話破殺戒。

「對了佟你今天應該下午就回去了嘛，辛苦了。」

「你們也是。」

□

虞因看著門口的陌生人。

今天一大早開始，大爸就很忙地在廚房裡準備各種東西，過中午他吃飽後，跟大爸要到錢跑去巷子口買飲料，一回來就看見有戴著帽子的陌生人在他家門口看來看去，「你要找誰？」

沒注意到有人出現的陌生人被冷不防的問句嚇了一大跳，連忙轉過來，倉促地說：

「喔、喔啊……我是在看大人在不在家……」

「我爸爸在家啊，你要找我爸爸嗎？」覺得對方聲音有點耳熟，虞因拍了下手，想起來了，「你是昨天按門鈴要找爸爸的人。」

「對、對啊，就是叔叔我。」左右張望了下，陌生人摸著口袋，掏出幾個巧克力球蹲下來，「你家不是只有小叔叔在嗎，爸爸在哪邊？」

「今天是爸爸在啊。」沒有拿陌生人的糖果，虞因抓抓頭，「你現在要找爸爸嗎？」

「不不，我今天忘記帶禮盒了，不然晚上再來拜訪好了。」

「是喔，可是我們今天晚上要出去喔，爸爸也不在家。」虞因看了看對方後面，然後笑著揮揮手。

跟著往自己身後看，陌生人什麼也沒看到，「那我就改天再來啦。」

「好啊，不過叔叔你是不是有做壞事啊。」看著正要起身的陌生人，虞因說出讓對方愣了一下的話，「你媽媽在你後面，嘴角有顆紅痣的阿姨，她很生氣在看你喔。」

「小、小孩子亂講話！沒禮貌！」猛地站起身，陌生人一邊罵，一邊拔腿跑掉了。

「你媽媽叫你——要——腳——踏——實——地——做——人————」因爲對方跑太快了，虞因只好圈著手，對著陌生叔叔的背影大喊。

「神經病！白賊小孩！」

陌生人消失在街道那端。

「你在跟誰講話啊？」虞因轉過頭，看見身後出現穿著討喜紅色小洋裝的可愛小女孩，對方的頭髮綁得很漂亮，手上提著方形紙袋。

虞因搖頭：「不認識的人，你們要回去圍爐了嗎？」

李臨玥甜甜一笑，「對啊，爸爸和媽媽因爲找不到停車位，所以在外面等，這個要給你們家的，前天你爸爸有送禮物來，今天先回禮，新年快樂。」說著，她將手上的紙袋遞給對方，「我們初三才會回來。」

「謝謝。」接過袋子，虞因看了下巷外，果然有看見李家的車子，「路上要小心喔。」

「你們也是，聽說過年很多小偷闖空門，警察叔叔們辛苦了。那我先走了。」李臨玥小大人一樣摸摸朋友的腦袋，很正經地說：「在家要乖喔。」

揮別女孩之後，虞因才返回家中。

□

下午虞佟開始把食物裝盒裝箱時，虞夏就回來了。

虞因坐在沙發上喝汽水，看著虞夏一邊拿下眼鏡和鬆著領口，一邊走進來，朝廚房方向說道：「我等等跑一趟醫院。」

「怎麼了嗎？」虞佟從廚房探出頭，問：「有人受傷？」

「去看看那個女孩子的狀況，她被送到附近的醫院，現在還沒醒。」隨手摸一下虞因的頭，虞夏轉進廚房拿飲料，解釋道：「昨天半夜找到時已經失去意識，送院檢查發現頭部有遭輕微撞擊和脫水，沒有其他外傷。被逮捕的嫌犯供稱沒對受害者做什麼事情，他們就是抓到人之後，想警告一番她老子而已。」

「這樣啊……我煮個湯，你待會順便帶過去吧，如果受害者醒了多少先讓她吃點東西。」虞佟也不是第一次煮東西給傷患吃，很快在心中跑過一串補氣養身適用的清淡食譜。

「好。」

正想換衣物的虞夏一回過頭，看見虞因站在旁邊看他，「幹嘛？」

「有找到姊姊了嗎？」虞因仰著頭，跟著對方的腳步往樓上房間移動，「姊姊今天晚上要一起來吃火鍋嗎？」

「姊姊在醫院，沒辦法吃火鍋。」邊換衣服，虞夏看了看手機，自己的隊員發來幾則簡訊，大致上是報告員警們去攔衝突什麼的過程，現在已經把那個豬頭人和一干人等全都抓回警局，目前正留置中。

「咦，說好找到一起吃的，姊姊受傷很嚴重嗎？」虞因有點期待地看著虞夏，「那我可以一起去看姊姊嗎？」

「你不是不喜歡去醫院嗎，乖乖留在家幫你爸的忙。」路過房門時，虞夏順手夾起小孩下樓，「有幫忙的大功臣才可以拿紅包，不乖的小孩拿紅包會怎樣？」

「會作惡夢作到初五開工。」被放到地板上後，虞因還是眼巴巴地抬頭跟在大人旁邊，「可是我還是想去看姊姊耶，那可不可以不要拿紅包，然後去看姊姊？」

「你捨得嗎？你不是每年都在局裡殘殺人家二、三十個紅包嗎？」雖然對付小孩子大家都是意思意思地包個兩百讓小孩高興，但一整群收下來也是很可觀的！尤其幾個疼小孩的還都會包比較多。

「這個……這個……」虞因糾結了。

站在旁邊的虞夏環起手，好整以暇地看著苦著臉的小孩，「很多喔，放假前你不是還跳來跳去說要買玩具，你的模型不要了嗎？」

抱著腦袋，過了半晌，虞因露出壯士斷腕的表情，用力地仰起腦袋看著虞夏，「好，那不要拿，要去看姊姊！二爸說到要做到，一起去看姊姊。」

「怎麼辦？」虞夏看向站在廚房口忍笑的兄弟，「別笑啊喂，快點管教你家小孩。」

「也是你家的。」失笑地搖搖頭，虞佟看著下方一臉堅決的孩子，然後回望自己的雙生兄弟，「他都這樣說了，就帶他去吧，記得要掛好護身符，等等院子裡的艾草摘一點放在他身上，小心點。」

「好吧。」

「喔耶！出門出門——」跑過去把手上的杯子交給虞佟，虞因快步跑上去換衣服、拿外套，接著衝下來抓住虞夏，就怕對方反悔。

斜眼看著腳邊的小鬼，虞夏冷笑了聲：「大丈夫說話算話，今年你的紅包全部充公，阿公阿嬤的也照充。」

「……可不可以充警局的就好。」虞因哀傷了，然後抓住虞夏的腿，試著為紅包回血。

「剛剛不是說不要拿嗎。」

「看在小孩子很窮的份上，給一點點……用擦地板和擦樓梯換一個？」

「你今年就當窮困潦倒的小孩吧你。」

「嗚……」

□

和虞佟約好局裡見後，虞夏拿了保溫罐、拎著小孩就開車前往醫院。

還在後悔自己斷腕斷太爽快的虞因直接把臉貼在車窗上懺悔。

「好了啦，充你一半就好了。」趁著停紅燈，虞夏伸出手指往小孩背對自己的後腦一戳，接著聽到小孩發出被擠壓的噗嘰一聲，「說好要用拖地和拖樓梯來換，天下沒有白吃的午餐，同意就打勾勾。」

虞因連忙翻過身，露出笑臉，抓住對方的手打勾，「說好了，初五開工拖乾淨，二爸不可以反悔。」

「是，不會後悔。」反正每年也都是幫他把紅包拿去存起來當學費，只留給他一點錢買玩具，有沒有充公都一樣，小孩子好騙好騙的沒想到這層道理。虞夏跟對方勾完，車子繼續往醫院的方向前進，「等等到醫院別亂跑，別隨便跟別人講話，不管是什麼樣子的都別回話。」

「好。」心情愉快的虞因很用力地點頭。

正要變換車道，虞夏突然瞥見路邊還沒關門休息的店家。

「阿因，你在車上等等。」

十分鐘後，他們到達醫院。

因爲父親和哥哥被留置在警局，其他親戚朋友也不知道什麼心態，被救出來的女孩竟然完全沒有家屬或其他人陪伴。

虞夏打開病房門時，裡面只有一名派出所員警看顧，問了對方，今天居然還是放假的，因爲前一晚他有支援跟隊救出女孩，詢問一輪認識女孩的人沒半個要來陪護，他有點看不過去，不忍心丟著對方孤伶伶地躺在醫院，所以留下來。

讓小孩在房間裡等待，虞夏和那名員警去走廊談話。

關上房門，虞因抱著手上的袋子和保溫罐，小心翼翼地靠到床邊看漂亮姊姊，和昨天看見的一樣，但是姊姊現在躺在床上睡覺，頭上還有紗布，看起來睡得很沉。

在床邊走來走去，本來想叫姊姊起床，但姊姊看起來似乎很累，虞因也不敢隨便打擾，放好保溫罐就轉到一邊，去看對方的名字，「沈、燕、鈴……」

猛一抬頭，他突然看見姊姊坐在窗戶邊。

「啊……啊？」床上的姊姊還在睡覺，他愣了愣，正想走去窗邊時，窗邊的姊姊朝他搖搖頭，讓他不要靠近。

想了想，虞因恍然大悟，隨即七手八腳地把脖子上的護身符拔下來，把口袋裡的葉子也掏出來，在一邊放好後才抱著袋子跑過去，「姊姊說好要一起吃火鍋的啊，不去了？」

女孩微笑了下，告訴他「想去啊，但她最喜歡的裙子髒了，不能穿這樣去參加圍爐」。

「那個沒關係啊，妳看妳看。」拆開緊抱的袋子，虞因獻寶似地攤開了裡面裝著的物品，「叔叔買來給姊姊的，一模一樣的，姊姊可以穿來吃火鍋。」

微微愣了下，女孩笑開了，跟他說「那麼晚一點見喔」。

就在那瞬間，窗邊的漂亮姊姊消失了，虞因聽見身後房門被打開，一轉頭就看到虞夏和員警走進來，他連忙把裙子收回袋子裡，快步跑過去，「姊姊說今晚要來吃火鍋！」一把抱在虞夏的腰上，很開心地報告著。

還沒開口就被小孩這樣一搶白，虞夏皺起眉，接著看見櫃子上的護身符和艾草，然後他不動聲色地蹲下身，把雙手放在小孩的臉龐兩側，「不是說過要掛好護身符嗎，還有剛剛車上有沒有告訴你不要隨便跟人講話。」

驚覺忘記自己還沒僞裝回沒拔下護身符的虞因，整個人僵住。

「不聽話的小孩會發生什麼事？」

「會頭痛……哇啊啊啊啊——好痛好痛——對不起我錯了！對不起對不起————」

站在門邊正要關門的員警目瞪口呆地看著虞夏用傳說中揍犯人揍到他們趴在奈何橋起點的那雙拳頭轉小孩的腦袋，一時反應不過來，接著路過的護士對他比了個警告手勢，要他們不要在病房裡吵鬧。

在員警還在掙扎要不要冒險去救小孩以免小孩被爆腦時，虞夏已經結束了「會發生事情」的教訓，「再複習一次，不聽話的小孩會發生什麼事？」

「會、會頭痛……」抱著腦袋，虞因含淚回答。

「當日再犯會怎樣？」

「屁股痛……」

「現在去把護身符戴回去，草也收好。」看著小孩夾著尾巴乖乖去掛護身符，虞夏才轉過頭，正對上整個呆掉、張大嘴巴的年輕員警，「幹嘛？沒看過修理小孩嗎！」

「不不不……有看過、有看過，學長請便。」吞了吞口水，員警連忙往後退一步，不知為何，他現在看著對方的拳頭只覺得腦門一緊，好像可以感受到小男孩剛剛的物理頭痛。

「請便什麼。」瞪了對方一眼，虞夏接過虞因手上的袋子，「這個等受害者醒了之後再交給她，另外那是我哥煮的，如果醫生允許，等她醒了之後先讓她吃點東西。」

「是。」員警連忙仔細收好袋子。

「我等等會派人過來和你接班，今天除夕你就……」

「沒關係，我不用回去圍爐。」員警打斷了虞夏的話，「我單身一個，時間比較自由，請其他同仁不用趕過來，可以回家和家人圍爐的就先回家吧。」

打量了下員警，虞夏勾起笑，「那好吧，晚一點我還是會找人過來和你換班休息，你就直接到局裡來圍吧。」

「謝謝學長！」

離開病房後，虞因拉著虞夏的衣服，這次不管旁邊有什麼跟他招手他都假裝沒看見了。路過急診室時，他看到有一大團人在騷動，有男有女、有老有少，中間包圍著一個用毛巾摀著大半張臉、毛巾上都是血的少年，仔細一看，那個男孩腳上也是血，看起來很狼狽。

「你們這群臭小鬼，知道你們堂弟最怕鬼了，幹嘛大白天嚇他害他摔到水溝啊！」兩三個長輩正在敲圍繞在旁邊的青少年少女們的腦袋，「大過年的把人嚇到摔進水溝裡還被割到腳、撞電線桿撞到滿臉鼻血很好看嗎！你們眞是皮在癢！」

「嬸、嬸嬸我沒事……」摀著臉的男孩連忙去拉凶悍的女性。

「沒事什麼！這群臭小子就愛嚇你！每年都要嚇一次！今年都不等半夜守歲再動手了，大白天就在嚇人，也不知道你那顆老鼠膽子一嚇就爆！真是一堆缺德小孩！」

「嬸嬸，拜託別講了……」男孩丟臉得快要哭出來了。本來還沒那麼多人聽到，他嬸嬸一個大嗓門，圍觀的人變更多了。

急診室的醫生和護士們每個都在努力忍笑，專心幫男孩清理傷口。

「什麼別講，這群臭小孩大過年的害別人、還增加別人工作困擾……你們全都過來給我向醫生和護士道歉！」

一群少年少女吐著舌頭，站成一排乖乖地向醫生、護士道歉，坐在那邊的男孩整張臉直接埋在毛巾裡，不敢抬起來。

「阿因，你在幹什麼？」

走了一段路發現虞因沒跟上，虞夏折回來後才看到他盯著急診室裡看，乾脆把小孩拎起來帶著走。

「有人掉到水溝還撞到電線桿耶。」

「大過年誰這麼笨。」

「不知道。」

揉著小孩的腦袋，虞夏和他邊玩邊離開了醫院。

「那現在就朝局裡出發吧！」

「出發！」

# 4.

當天傍晚，警局熱熱鬧鬧地開始煮起火鍋。

這幾年因爲虞佟會帶不少好菜來，還比外面買的菜色好很多倍，所以逐漸演變成一些休假太短回不去老家、獨自生活的同事們，一起到警局圍爐的狀況，當然大家有錢出錢、贊助各種食材飲料，以至於參加人數越來越多，連其他單位都會來蹭飯吃。

「樓下的筆錄不知道什麼時候才會做完。」

一邊幫忙裝盤，虞夏一邊聽著下面傳來的咆哮聲。

坐在外面樓梯往下看的虞因眨著眼睛看著底下兩方人馬，中間隔著一條名爲警察們的分水嶺，互相叫囂。

「有種抓我女兒！恁北吼哩今天攏係底加！」

「來啊！歹心事做那麼多！今天這樣對付你剛好！」

「出來輸贏啦！」

「來啊！」

經過樓梯邊，虞佟拍拍虞因的腦袋，「阿因去幫忙端盤子，不要看大人吵架。」

「那個啊……」

「嗯？」虞佟蹲下身，跟著看向小孩手指過去的地方。

「他們外面有阿公阿嬤，在說子孫不肖喔。」朝窗外好幾位老人家們揮揮手，虞因抬起頭看著旁邊的父親，「他們在吵架，除夕沒人給阿公阿嬤拜飯吃，也不回家，會餓餓。大人羞羞臉，在那邊一直吵，害阿公阿嬤在外面吹風，好難看。」

與身後的虞夏交換了一眼，虞佟勾起微笑，「那等等我們拜拜時，阿因幫忙裝去外面空地拜阿公阿嬤們好不好？」

「好啊。」

「但是阿因不要隨便跟阿公阿嬤講話，只要把東西拿出去拜，可以嗎？」伸出手，虞佟說道：「約定好，拜拜完就趕快進來吃飯。」

「好。」很認眞地打勾勾，虞因點點頭。

「別忘記你今天已經用掉一次額度了，複習一下，不聽話的小孩再犯會發生什麼事？」站在一邊的虞夏冷笑了聲。

「屁、屁股痛……」虞因摀著頭，連忙站起身，小跑步地去幫忙端盤子。

虞佟站起身，好笑地看著自家兄弟，「他今天已經被打過了啊？」

「在醫院才一下子沒注意，就不知道跟什麼聊了起來，明明出門前才交代，欠揍。」虞夏嘖了聲。

「這樣啊……過年之後再帶去好好拜一次吧。」

很想告訴他哥其實是那個臭小子自己拿掉護身符和艾草，但虞夏決定還是不要現在講，以免讓兄弟更擔心，尤其是現在下面一堆吵鬧根源，還有越吵越凶的趨勢，也不知道這些人到底是怎樣，眞把警局當作他們家開的嗎。「我下去讓他們安靜一點。」

「大過年的，不要動不動就見紅。」虞佟也注意到樓下眞的越吵越大聲，爲了讓値班員警可以抽空換班上來吃，所以他們在二樓大會議室圍爐，在走廊上就能把一樓動靜看得清清楚楚。

虞夏撇撇唇。「我就讓他們見紅有喜。」

□

「樓下變好安靜喔。」

半小時後，端著盤子要下樓去後門的虞因發現剛剛還很吵的一樓完全沒聲音了。

「大概是叔叔伯伯們口渴累了吧，希望樓下的水夠喝。」微笑地這樣說著，虞佟把最後一個小碗放在托盤上，「等等點香時，記得找有空的人幫你點，小孩子不要自己用打火機。」

「好，小孩子用打火機頭髮會燒光光，知道。」

小心翼翼地拿著托盤往一樓後門走，路上一名員警問了他要幹嘛，知道後好心地幫他搬了小桌子出來放到外面停車的小空地，還幫他點好香。

向員警道謝後，虞因很誠心地拜了拜那些阿公阿嬤，然後插好香，跟著等他的員警一起跑回屋子裡，以免不經意又做出會被修理的事。

路過一樓時，他看見了剛剛那些還在互相叫囂的叔叔伯伯不知怎地每個都鼻青臉腫地乖乖坐在椅上對瞪，每個人手上還有紙杯，只是看起來已經快要被他們給捏爛了。

「丟臉！」

「你們才丟臉！」

「一個猴死崽子都打不贏，你們才丟臉！」

「你們還不是整群被一個揍得跟豬頭一樣！」

「你們才跟豬一樣！」

「有種來看誰會像豬啊！」

「出來釘孤支啦！」

互瞪的雙方人馬在新一陣叫囂之後，又想拍桌站起。

「喂喂，全部給我坐回去喔！」正在做最後一部分筆錄的員警們再度警告滿屋子裡的成人，「不然我叫人再下來扁你們一次，整團被一個人慘電，傳出去以後你們都不用混了！」

被這樣一罵，兩邊的人臉色青白地又坐了回去。

正在心裡暗爽的員警一回頭，看見虞因走進來，「阿因快上去樓上。」

「姊姊還沒有來嗎？」歪頭看著室內，虞因沒看到說好要來吃火鍋的漂亮姊姊，「好慢喔，爸爸和阿姨們都已經煮好了。」廚房裡還有好幾位警眷一起料理，菜色豐富之驚人，有些特色菜他都沒見過。

「你在等誰嗎？」員警跟著看了看裡面，沒看到什麼姊姊。

「嗯，跟姊姊約好一起在這裡吃火鍋……」

「喂喂喂！你們這些警察有沒有搞錯啊！居然用納稅人的錢聚餐是吧！」剛才被痛扁的人跳了起來，「沒事敢來找我們麻煩——」

「誰在找誰麻煩啊！」

女性的聲音打斷了虞夏口中沈姓豬頭的話，接著室內人整齊劃一地轉過頭，看見穿著漂亮裙子的女孩被年輕員警用輪椅推了進來，女孩小巧的臉蛋仍是那種缺血的可怕蒼白，頭上貼著紗布，黑亮澄澈的大眼睛瞪著一整群大人，「爸，除夕夜耶，你跟伯伯丟不丟臉啊。」

「啊，小鈴！妳醒了，來來來，醒了正好，來看看是不是這個狗養的欺負妳！」眼睛有圈瘀青的中年人馬上站起身，指著對面差不多年紀的中年人，「快，關死這渾蛋！」

「你還敢講！要不是你弄個垃圾土地出問題害我們沒辦法處理，自己又龜兒子不敢出面，不給你個教訓還能怎麼辦啊！」

「對啊！你兒子暢秋在那邊帶學生去拉K，還敢來找我兒子！」

「姊姊，妳要上去吃火鍋嗎。」無視一干大人又群起咆哮，等到人的虞因很開心地跑到輪椅邊，看著這次可以摸得到的漂亮姊姊，露出大大的笑容。「爸爸剛煮好喔，我爸爸煮東西超好吃的！」

溫柔地摸摸小孩的頭，女孩露出微笑，「等等喔，姊姊先把這邊的事情處理好，等姊姊一下，待會兒一起去吃火鍋。」

「好。」

正好聽見騷動下樓的虞夏才想給下面這票皮肉癢的傢伙們再來點教訓時，就看見自家小孩跑過來，一把撲到他身上，接著是女孩示意員警把她推進去，然後讓臉色有點奇怪的員警拿下身上的大背包，「你、你、還有你你你，你們通通都給我看著這些長輩！」

員警打開背包時，室內完全安靜了，就連其他警員也都呆掉。

畢竟大過年的，看到這種場面沒一個會不驚。

從背包裡面拿出的是大量神主牌，有的精緻漂亮，有的素面，甚至還有一看就是高價原木、會散發陣陣香氣的那種，現在這些神主牌位一個個被擺在桌上，顯然繞去很多地方請來這些牌位的女孩瞪著一群成人，「大過年的你們在這裡幹嘛！自己大人、祖先都不用顧了嗎，每個每個都讓自己家的大人跟遊魂一樣在外面吹風，你們丟不丟臉啊！不知道祂們進不來，只能站在外面嗎！做人晚輩是這樣做的嗎？」

聽著女孩數落整群面色尷尬的大人，虞夏挑起眉，往下看著正在巴自己褲管的小鬼，按照那些愚蠢傢伙們的反應，他們明顯知道女孩擁有可以看見另外一種事物的能力。

「很懷疑這些神主牌位爲什麼會被我請出來是吧，就是你爸、你媽、你阿公還有你阿公，還有那邊那個你阿嬤，還有旁邊那群穿黑衣跟著圍事的你們的爸媽阿公阿嬤姊姊叔叔阿姨……祂們開門讓我進去的，叫我帶祂們來看看你們這些連過年都要丟臉的傢伙。」神主牌一列出來，整群人連個屁都不敢放，女孩順勢從背包倒出同樣在幾人家裡帶來的筊杯，數個筊杯一落地的同時翻成一陰一陽地朝向那些犯事者，如同來自另個世界的眼睛盯著晚輩們。

女孩微微咳了下，哼了聲：「累死我了，你們自己先跟長輩報告都做了什麼好事，我要去吃飯了。」

「先都出來。」讓室內員警撤出、留下兩三個在門口守著，避免他們逃跑和串供，接著讓其他人幫忙抬女孩與輪椅上樓後，虞夏才看著現在乖得像小狗的鬧事者們，每個人都自動自發地站到自家牌位前，也不知道應該要怎麼處理被送到這裡的眾多神主牌，只能傻傻地盯著不敢動彈。

「你們就在這邊跟公媽相處順便好好冷靜吧。」

「眞是的，受不了這些大人，大過年的浪費警力。」

會議室裡，大群人分食著熱騰騰的火鍋，大家都很好奇地看著也在大口吃菜的女孩，似乎完全不介意其他人的目光，女孩還挾肉給坐在一邊的虞因，「不好意思給大家添麻煩了，最好關他們關過大年初五，別讓他們回去開工衰一年。」

看著吃相還滿爽快的女孩，虞夏和他雙生兄弟對看了一眼，「其實你們兩邊還滿熟的吧……？」聽他們爭執時就注意到了，這不但是熟人犯案，還是超熟的人犯案。

「我爸和黃伯伯認識很久了，我媽死後他們就起邪心，沒事想學人炒土地賺黑心錢，之前有一塊地沒弄好，變更失敗、還有一些大大小小的問題，所以錢和土地就卡死在那邊。我有告訴過他們賺這種錢遲早會出事，現在才會搞成這樣……這個芋頭好好吃，跟我媽媽炸的好像，我可以再吃一些嗎？」

幾個員警連忙下芋頭。

「所以他們眞的沒有想殺妳嗎？」年經員警有點緊張地詢問。

「喔，那個其實有點誤會。」摸摸頭上的紗布，女孩這樣說道：「本來黃伯伯他們抓我是要我傳話，要我爸快點出面解決土地和他不肖兒子K他命的事情，但他們抓我時太緊張了，加上開車的人技術不好，我一頭撞在車窗上就暈了過去，他們好像以為我死掉，嚇個半死，就放在車廂裡，連怎麼解決都不曉得。」

正在圍爐的其他警員有點無言，有的人還是因為這件案子被抓回來加班，幾個人有點怨恨地想著要不要乾脆等等去蓋樓下那些人布袋算了。

就在大夥兒努力地吃各種年菜與火鍋時，底下又傳來新的騷動，仔細一聽是各種劈里啪啦砸東西和成人哀哀叫的聲音。

「老、老大！靈異事件啊！」留守的員警衝上來喊道，「有東西拿我們的物品在丟那些人！還好多！」

「啊，因為把牌位拿進來了，所以長輩們也跟進來，不好意思喔，長輩們發洩發洩就會走了。」推著輪椅到樓梯邊看了眼，女孩有點抱歉地這樣告訴員警們。

一群人繼續無言地聽著樓下傳來「阿母對不起我不敢了」、「阿嬤歹勢啦」、「麥帕啊麥帕啊」之類的男性們驚恐的喊叫聲。

抱著碗跟著跑到樓梯邊看，看見他們局裡一整本厚厚的新年日曆飛起來時，虞因大喊：「阿公阿嬤不可以拿文件亂丟！也不可以丟會破掉的東西！哥哥和叔叔要收很麻煩！」

日曆本僵了一下，慢慢地放回原位。

接著，傳來沉重的拖椅子的聲音。

「除夕夜應該不會鬧出人命吧。」看著底下難得一見的精彩畫面，虞佟沒打算勸止，等等大家吃飽一起收拾一下也可以當作飯後運動，還算不錯。

「這些人身強體壯，看來是死不了。」虞夏聳聳肩，決定回去繼續吃大餐。反正長輩教訓小輩就是做做樣子，實際不會真砸下去要他們的命，頂多就是皮肉痛一下。

「就讓他們好好悔過吧。」讓員警把自己推回去繼續吃飯，女孩完全沒有要拯救家裡大人的念頭。

「這樣說起來，該不會妳也看得見？」幫女孩換了乾淨的碗讓她繼續吃，虞佟半是聊天地在一旁坐下。

「小時候看得比較清楚，現在只有一點點影子。」女孩點點頭，毫不忌諱，「聽宮廟師父說，有時候慢慢就會看不到了，小孩子比較容易看到。」

「什麼看不到？」跑回來跳到椅子上的虞因歪著頭看著正在談話的兩人。

「大家都不知道還在的人啊。」挾了芋頭放到虞因的小碗裡，女孩微笑地說：「人在做壞事的時候都忘記還有人在後面看他們，所以以後就算看不到也不可以做壞事喔。」

「阿因沒有做壞事，做壞事的小孩會被雷公劈到。」完全記得用皮肉痛換來的教誨，虞因很快地告訴對方：「雷公超忙的。」

掩嘴笑了半晌，女孩左右張望，「唉呀，另外一位虞警官不見了。」

的確沒看見虞夏的蹤影，虞佟想了想，微笑著說：「他應該有事去忙了，要找他嗎？」

「嗯，我想道謝，不知道爲什麼，虞警官知道這裙子對我很重要……原本那件沒損傷，只是髒了得好好整理就是。」拉著新裙子，女孩說道。

「我想應該是因爲照片吧。」虞佟想了想，告訴對方：「妳的檔案中有一些生活照，妳在比較重大場合的照片上都穿著一樣的裙子。」

「因爲是媽媽買給我的。」摸著一旁虞因的腦袋，女孩看著腿上裙子美麗的花紋，「我媽媽最喜歡看我穿這件裙子了，她說花樣很美，她年輕時很想有一條這種裙子，所以只要我穿著，她就會很高興，一些比較重要的場合我都會穿，希望我媽可以安心。」雖然現在樓下的父親超不能讓人安心就是。

「原來如此，我想夏應該晚一點就會回來了，如果不趕時間，我們可以一起守歲等夏回來。」

「好啊。」

□

虞夏回到警局時，路過一樓看到剛剛那群傢伙每個都哭喪臉地跪在牌位前，臉腫得比他剛剛揍下去還大。

「修理完了？」隨口問了句已經換班來看守的員警，然後得到員警低聲興奮地說「眞是大快人心，如果每年都來場這種的、讓大家笑一下調適心情就好了」的回答。

雖然這樣說，不過還是有人好心地端了火鍋菜下來要給這群不能回家圍爐的傢伙吃一點暖，但很顯然比起火鍋的吸引力，這些人比較怕一站起來又有椅子飛過來，所以食物在那邊冒煙，人還是跪在原地。

一踏上樓梯，虞因就衝過來了，「姊姊給我紅包！」

看著小孩手上已經攢了好幾個紅包，虞夏就知道吃飽飯後的殺紅包循環已經開始，有的人吃飽會先塞然後繼續執勤，有的人會守完歲再給，他一把抱起虞因，「說謝謝沒有。」

「說了。姊姊說她很累想要先睡一會，等等就會起床，樓下的阿公阿嬤已經先回家了，其他人要跪就讓他們繼續跪，不用跟他們講。」抓著虞夏的肩膀，虞因很盡責地把話帶給自家大人，然後伸出手，「二爸新年快樂，恭喜發財。」

「臭小子，討紅包討得這麼坦白嗎。」往對方臉頰捏了捏，虞夏摸摸口袋，拿出早就裝好的紅包往小孩臉上拍。

「啊，二爸跟大爸用一樣的袋子。」虞因從懷裡掏出另個一模一樣、蓋有小金魚的香噴噴紅包袋。

「廢話，那個買來一包有六個啊。」

「二爸跟大爸也一樣包六百……」

「小孩子身上放那麼多錢幹嘛，會被壞人搶。」他和他哥的紅包往年都是留下來給小孩自由支配，所以不會包太多。

路過會議廳時，正好看見虞佟和那個年輕員警及幾名警眷在收拾清理碗盤，接著重新擺上飯後甜點水果，虞夏便抱著小孩一起進去幫忙。

「二爸二爸，長大會不會包多一點？」小心翼翼地收好紅包，虞因跟著端盤子。

「小孩子計較金錢幹嘛，欠揍。」

「就、就你們多包一點，然後扣掉被沒收的和拿去存的，我就可以包回去給你們啊。」仰起臉，虞因巴巴地望著大人，「對不對，這樣全家都有紅包，就一樣健康平安啊。」

沉默了半秒，虞夏和虞佟互看了一眼，然後一巴掌拍在下面的小腦袋上，「等你開始工作再說吧，小鬼。」

「工作就可以包了喔？我有端盤子跟擦地板啊，可以先從二十塊開始包嗎？小孩有點窮……」

「窮你個大頭啦。」

十二點鞭炮聲響起時，他們路過一樓，早已醒來的女孩陪著一堆膝蓋在抖的大人們吃遲來的年夜飯。

抱著一大堆紅包的小孩心滿意足地在休息室裡呼呼大睡。

虞佟幫孩子拉好被子。

然後虞夏站在一邊的窗戶旁，看著依舊人來人往的警局。

不論是從哪裡來的電話，員警們和消防救護們同樣不間斷地出勤或處理，不管年夜飯被拆成幾次才能吃完，大家依舊像往常般繼續忙碌著。

日復一日、年復一年。

「爸爸、二爸……」

睡得迷迷糊糊，虞因抱著一邊虞佟的手，一邊發出很小很小的聲音，「辛苦了……新年快樂……新年快樂……」

「阿因也新年快樂。」

接著，新的一年到來。

「大家新年快樂。」

小女孩與小男孩——

「阿兄、阿兄。」

半夜爬上兄長的床，小女孩把人推到旁邊，然後翻開對方的枕頭摸來摸去，「阿母不是說紅包要放在枕頭下嗎，你只放阿爸阿母的會不會不夠力啊？」

差點被推下床的男孩揉著眼睛，好脾氣地看著妹妹在搜他放在抽屜的其他紅包，「什麼東西？」

「壓歲錢啊，壓著卡不會有東西作祟，你要全部放在枕頭下才夠力啦。」

「那只是習俗，又沒關係……」

「那就都放啦，幫你放進去。」

「哥哥！小海！半夜兩點不睡覺還在幹嘛啊！」

小男孩——

他看著盤子裡煎得酥香柔軟的年糕，露出了微笑。

「怎麼了嗎？」

對座的家人問道。

「沒有，只是突然覺得以後好像會很有趣，不知道長大會認識多少朋友呢。」

眞的令人期待。

少年們——

「小玖，你要多吃點補血的。」

男孩看著已經尖起來的碗，很想拒絕堂兄堂姊們的好意，但大家好像是怕他會餓死一樣不斷地把菜往上放，還很好心地一直告訴他吃什麼對身體好、要補一下，讓他不知道怎麼推辭。

「你們這些小渾蛋少在那邊假好心，不就是你們害玖深去急診縫七針的嗎。」嬸嬸白眼了一大堆獻殷勤的小孩。

「唉呦，玖深要考警校，我們也是好心幫他練膽啊，不然那裡面聽說很多耶。」

「對啊，哪知道他被一嚇就摔到大水溝裡。」

那個不是一嚇啊。

少年心中在流淚，堂兄堂姊們根本是突然在他後面大說鬼故事和製造音效才嚇到他。

「而且他自己爬起來還滑倒去旁邊撞電線桿，我們也來不及救人啊。」

那是他掙扎從水溝爬出來時，堂兄堂姊在旁邊大喊水溝有手伸出來，他才嚇到滑倒去撞電線桿啊！

「大家也都是一番好意。」

「是啊是啊。」

少年完全不想要這種好意，但又覺得不能傷害大家的心。

「所以，等等守歲來第二輪吧。」

堂姊拿出了蠟燭。

少年都快哭了。

「你們這群小渾蛋根本沒有反省吧！吃飽飯通通給我去公媽牌前面懺悔！」

嬸嬸怒了。

最後，關於小偷——

趁著這些房子主人出門時，他的時間終於到來。

壓低了帽子，這兩天持續在附近徘徊的男子鬆了口氣，原本他想要下手的房子老是有小孩在家裡走來走去，雖然沒大人很好下手，但會很麻煩。

如果可以他當然不想要傷到小孩，最好就是拿了值錢的就走人，畢竟只是求財又不是想揹人命。

總算等到今夜，大家都回老家圍爐時，是最好的下手時機。

於是他翻過圍牆、侵入庭院，對著屋門開始拿手的開鎖行動。

但今晚運氣無敵差，不管怎樣施展本事，門說不開就是不開，連窗戶都撬不開，想要冒險用石頭砸看看時，連條裂紋都沒砸出來。

他突然想起小孩子的話，然後打了個顫。

胡說八道、胡說八道！

拿不到讓人更想拚了，他繞回門前，再度試著開鎖。

然後，他聽見屋子裡有年輕女人的輕笑聲，好像在嘲笑他一般。

接著大門傳來幾個喀喀聲，被鎖得更死了。

「我就知道，浪費我的時間回來這趟。」

後面傳來聲音，他回過頭，看見了這棟屋子的其中一個小孩……嘖，沒辦法，只好先弄昏小孩了，被看到臉就糟糕了。

站在庭院大門前的男孩居然一點驚慌的神色都沒露出，這讓他覺得有點怪怪的，不過現在的小孩都很喜歡裝腔作勢，搞不好內心怕得要死咧，看年紀不過就是高中生吧，有什麼好忌憚的。

於是他拿出了刀子和繩子。

「喔？你應該知道竊盜和強盜有差吧。」

大門邊的人鬆了鬆關節。

只好上了。他抽出刀，往前衝，最後只聽到對方非常平靜地說了兩個字。

「找死。」

〈年節〉完

# 情人節

「嗨～各位小朋友你們在幹嘛？」

嚴司心情愉快地踏進虞家大廳時，一眼望去看見三個小的正圍坐在地毯上翻看一本厚厚的相冊，周遭還有幾張不知寫了什麼的小紙張、小卡片。

伴隨著桌上一盒盒巧克力與糖果，嗯，大概可以猜到那些卡片上寫什麼了。

「你怎麼進來的？」虞因愣了愣，下意識往走廊方向看。沒有，除了眼前的奇怪生物，並沒有看見可以幫他開門的人。

「我們鎖門了。」注意到虞因的視線，最後一個進門的東風立刻說道，旁側的聿也快速點頭。

兩個小的這麼一說，虞因不由得冒出了一種「這傢伙竟然連開鎖都學會了嗎？以後大門是不是該多加兩道鎖」之類的想法。

「唉，區區的鎖怎麼能隔開大家的緣分呢，在這充滿愛的日子，一扇門當然不能算得上阻礙。」嚴司把手上提袋放到桌面，與那堆巧克力排排站，順勢探頭望了眼小孩們正在翻看的東西，頁面上排滿拍立得，看上去是類似成長記錄的拍攝，大多有標示照片情境。「年紀輕輕就在緬懷過去了嗎各位？」

「不不等等，先說你是怎麼進來的。」虞因沒被袋子和問題轉移話題，皺眉想起身看看自家門鎖是不是出問題，雖然某法醫足夠缺德智障，但他不覺得這傢伙會無下限到對他家大門施展破壞技。

「這就得從很久很久之前開始說起……」

嚴司才剛要發表長篇大論，一陣開門聲響傳來，接著大門走廊那邊傳來疑惑的問句：「阿司你關門幹什麼？」

破案了，開門的是自家大爸。

虞因坐回去。

某法醫發出相當小的嘖聲，一臉樂趣被打斷的遺憾。

抱著紙袋的虞佟隨後走進來，對客廳裡幾個相處融洽溫馨的孩子勾起笑容，目光最後停在聿身上：「今天晚餐我來。」

聿點點頭。

跟在虞佟身後的是黎子泓，看樣子兩人是被虞佟帶回來一起吃晚餐，穿著正裝的青年很穩重地說了聲打擾了，接著將手上兩個略沉的大袋子遞給幾人，其中一個是各種遊戲片與自備手把等物。

打開另個提袋，裡面是滿滿的巧克力，和嚴司放在桌上的相似，不過黎子泓帶來的以平價品牌居多，部分是手工巧克力球與小點心，相較之下，某法醫那袋裡高價品牌詭異地佔了九成。

雖說情人節什麼的是商人炒作出來的大型銷售節日，但一屋子的男性多是受贈者，每年沒少從同事或親友，甚至學姊學妹、陌生人那，收過這些不論是代表喜愛或是感謝的各種心意巧克力，所以也不太好去評論商家們每逢節日期間，只加上多餘包裝就加價的小甜食有多坑人。

虞因嘖嘖地翻著嚴司的提袋，很誠懇地思考這傢伙平常都在到處戲弄別人，到底是哪些人種會在特殊節日給他昂貴的巧克力，送的那些親朋好友難道平日沒感覺到精神暴擊嗎？爲什麼要在滿懷愛的日子給這種奇妙生物鼓勵？萬一他持續進化成更奇怪的東西怎麼辦？

聿倒是不介意送甜食來的是人是鬼，雙眼發光地從眾人那些堆疊成巧克力小山的禮物中挑了幾件出來，期待地摸著外包裝。「做巧克力火鍋，飯後點心。」他腦裡快速列出家裡還有哪些水果與配料，冷凍櫃還有各種口味的冰淇淋，應該可以吃個爽。

「喔可以啊，還能幫你們調一些巧克力飲。」嚴司吃過幾次聿做出來的巧克力鍋，不得不說食材高檔加上準備的人細心揀選果然有差，這也是這兩年他們會在這種日子把收到的巧克力帶來的原因，沒吃完的還可以讓聿變化成各種不同甜品，送一返三，非常划算。

瞧瞧他旁邊的前室友，以前很少吃這類東西、也不太喜歡往別人家跑，現在被虞佟和小孩養得嘴刁了，跟著來混吃混玩的動作變得相當自然。

隨手翻了翻，小孩們同樣收到不少，尤其以聿居多，虞因次之，然後東風……

看著地上幾隻可愛的絨毛娃娃，嚴司憋笑。

「……」雖然對方忍住了，但東風覺得這個混帳還不如笑出來算了。

「我以為這玩意是十大不受歡迎的情人節禮物之一。」嚴司咳了聲，拎起一隻毛毛的黑貓玩偶甩了甩，貓脖子上竟還有鈴鐺跟著發出可愛的聲音。

「呃，沒辦法，一早店沒開就堆在外面了，看了監視器畫面，送的人幾乎都不認識，可能是覺得他平常不喜歡吃東西，買別的替代。」虞因也覺得這節日送娃娃有點雷，雖是一片心意，但沒有這類興趣愛好的男生很難處理啊，尤其他們今天一到店看到門外綁了一整串的時候。

「你們在看什麼？」黎子泓為了避免某傢伙被他學弟毒死，把話題轉移到地上的相冊。經常到訪的人或多或少都見過虞家擺在櫃子裡的相冊本，雖然這年頭流行以數位方式記錄生活，不過這家人顯然仍偏愛紙質相片，相冊本持續累積中。

「喔，小時候的照片。」虞因抽出一張拍立得。「我們剛剛在說我小時候拿過比較奇怪的巧克力，是一位大姊姊送的。」

黎子泓接過照片，一邊的嚴司立刻擠過來湊熱鬧。

相片上的虞因還很小，大概是小一或小二的年紀，穿著薄外套，一手拿著幾塊巧克力對著鏡頭比YA，身後背景則是一座看起來相當老舊的露天小泳池，隱約可見老舊的鐵網圍牆與一些簡易設備，放在今天的話，安檢十之八九不會過。

「這種天氣還有人游泳啊？」嚴司看著滿水位的游泳池，不論是不是小時候，情人節所在月份的天氣應該都還沒回暖。

「以前聽大爸說這個是隔壁小鎮集資建立的，社區裡有些人會冬泳，所以一直有開放。」虞因解釋道。

放好食材重回客廳的虞佟正好聽見這句，於是補充：「那是我們老家附近的小鎮，老家開車過去大約十五分鐘，鎮裡有在國外發展不錯的台商，當時幾個社區聯合集資想做些公設，這位台商對游泳池項目贊助了不少，後續還捐錢作爲保養的公基金，我和夏小時候跟父母回老家時也被附近小朋友一起帶去那邊游泳過幾次。」

「對，我和聿、東風剛好講到這邊。」虞因接回黎子泓遞來的相片，再次開啓剛剛被嚴司進門打斷的話題。

「是我小學時發生的事……」

□

虞因小一時的情人節恰逢週末，而虞佟與虞夏正好這週可排連續休假。於是乾脆幫小孩請了半天假，一家三口難得迎來一趟兩天一夜老家之旅……雖然這麼說，但其實只是雙生子的父母、虞因的爺爺奶奶，囑咐兩個兒子代跑一趟老家關愛老人，以及辦些瑣碎事。

虞佟結婚時年紀不大，所以虞因的爺爺奶奶算起來還相當年輕，曾祖父目前依舊身體硬朗，經常帶著小孩在田裡四處遊蕩玩樂，所以虞因對老家不陌生，反而還很期待回老家玩的假期。

「阿因你護身符不要亂丟。」拎著一到老家就想亂跑的小鬼，虞夏壓制著小矮子，把丟在後座的護身符套回小鬼脖子上。

「唉呦脖子會癢癢。」虞因抓抓頸子上的紅線，在空中踢了兩下腳後，扭身就往虞夏肩膀爬上去。「沖鴨～」

虞夏笑了笑，接過虞佟拋來的後背包，一手抓著小屁孩垂在胸前的腳，直接頂著小鬼踏進老屋，對著正在院子裡挑揀菜葉的老人家喊了句：「阿公！」

「阿祖！」虞因揪著坐駕的一小綹頭髮，很有精神地跟著喊。

「怎麼回來沒有講一聲。」老人看見走進來的兩大一小，笑呵呵地從木矮凳上起身，指指屋內的神桌：「先去洗手拜拜。」

老家是有前後庭院的雙層舊屋，早期舊建築拆掉重蓋成水泥建築後一直至今，去年外牆才重新粉刷成地中海風格的藍白色，屋旁有一塊老人家特意留下的田地，平日種點瓜果蔬菜，偶爾虞佟一家也會收到老家寄來的農作物；前幾年院子養了一群雞鴨，當時回老家還會被硬塞活體，小小的虞因有過幾次必須與咕咕呱呱叫的雞鴨同車回台中的經驗，不過後來老人家懶得養了便收掉，還是以種植蔬菜水果爲主。

「阿因下來。」虞佟把自家兒子抓下來，輕拍了兒子的腦袋，三人走到院子旁的水龍頭依序洗手，接著才進老宅取了線香點燃，拜祭供奉的神像。

把香交給大人後，虞因揹著自己的小背包轉頭就往院子跑。「阿祖，我們去找黑黑的小妖怪還有森林精靈的小通道，我有帶相機可以照下來——」

「什麼小妖怪？」院子裡的老人家噙著笑。

「阿因最近都在亂看東西啦，不要讓他隨便亂鑽，他之前還卡在壁裡。」猛一聽見關鍵字的虞夏立刻朝外面大喊。

一年級的小屁孩從班上和動畫中接觸到不少奇奇怪怪的東西，最近非常沉迷尋找各種小妖怪及通往奇怪世界的樹林小通道，導致虞佟和虞夏近期時不時就得把鑽到家裡各種地方的小鬼拖出來，其中一次小屁孩直接卡在儲藏室的隔間夾板裡，最後虞夏把夾板拆了，才把智障兒童拉出來。

即使如此，小鬼似乎還是沒受到太多教訓。

典型的傷好就忘記痛。

眼看小屁孩拉著阿祖要去找樹林通道，虞夏認真地思考了下爺爺應該不至於跟著憨到卡在某個奇怪的地方，於是就隨便他們去了。

「我去買點肉、蛋什麼的回來。」虞佟打開冰箱，裡面塞了不少老人家自己種的瓜果，卻幾乎沒什麼肉類蛋類，他一邊盤算午餐與晚餐要煮什麼，一邊確認調料等物。老家後院還保留一座柴火爐灶，旁邊則多了一個烤窯的半成品，顯然他們老當益壯的爺爺正在砌一座舊式烤爐，很可能下次回來便能在這裡烤披薩。

「我去派出所打個招呼。」虞夏從背包裡抽出一封公文，休假前正好被主管逮住，知道他要回老家，主管讓他順手幫帶個文件給這邊的所長。

「啊那邊是不是會路過賣粿的，順便買點回來……」

雙生子邊討論著各自路上會有什麼食物點心，邊換鞋出門，分頭各自前往目的地。

另一邊，揹著小背包的虞因牽著曾祖父在附近的公園造景小樹林繞了幾圈，還眞的給他找到一圈與動畫很相似的矮樹叢。

「好！阿因要去找森林精靈了！」看著正好可以鑽進去的小樹叢，虞因抓抓脖子，還是覺得紅線很癢，於是隨手將平安符摘下塞進褲袋。

「哇這個洞太小，阿祖進不去，阿祖在外面等你。」老人家左右看看，正好有輛叭噗車停在不遠處，但這天氣吃叭噗有點冷，看了看旁邊兼賣的飲料箱，幸好裡頭有小孩都愛的彈珠汽水。車的位置可以看見樹叢動靜，跑過來只要幾步距離，附近也有鄰里朝他們招手示意會幫忙看顧，算很安全。「阿祖去給你買汽水，阿因不要亂跑喔。」

「好，阿因如果找到森林精靈就回來。」虞因點點頭，很乖巧地往樹叢裡面爬。

曾祖父在這裡生活很久，當然知道小樹叢根本不會通到什麼森林，整條不到一百公尺，小孩從前面鑽進去就會從後面鑽出來，附近人家的孩子時不時也會爬進去玩，常常可以從裡面撿出各種被遺落的小玩具。

所以在大人的印象裡，小樹叢不具危險性，是小孩們的玩樂處。

然而當時虞因的想法，這就是一條通往森林精靈的神奇通道，他只要虔誠希望可以遇到森林精靈，就會在路的盡頭走到森林精靈的家。

於是小男孩快快樂樂、滿懷期待地爬出樹叢時，看見的不是阿公、也不是小樹林的景物，而是不遠處的一座小游泳池，他的願望破滅了。

「電視都是騙人的！」

大人太可惡了！

□

「咦？你是誰家的小孩？」

正當虞因憤慨地捏著拳頭要爬回去找阿祖和爸爸們控訴卡通不實時，後面傳來輕輕柔柔、帶著些許笑意的聲音。

扭回小腦袋，虞因看見游泳池架高的鐵網圍欄另端有個穿著洋裝長裙的短髮大姊姊正在朝他招手。「要不要過來玩？姊姊這裡有巧克力喔。」

虞因歪著頭，回想著虞夏說過的遇到壞人時的三步驟，但這位姊姊看起來不像壞人，很像上學路上會遇到的那些高中生姊姊，不曉得為什麼，漂亮的人姊姊給了他一種親切感與奇怪的吸引力，有種很不想拒絕姊姊的感覺，於是他慢慢地靠過去。

游泳池年久失修，鐵網不起眼處有個小邊角捲起來，被長高的花草遮擋住，撥開仔細一看，居然可以掀開，是個成人可以蹲著爬進去的大小。

發現這條小捷徑，虞因沒想太多就爬了進去。

「今天是西洋情人節，姊姊自己一個人吃不完，我們一起吃好嗎？」穿洋裝的女孩從身後拿出一小盒淡金色紙盒包裝的巧克力，笑吟吟地蹲在小虞因面前打開，濃郁的巧克力香被二月的風一吹，瀰漫在兩人周圍。

「爸爸和叔叔說不能隨便吃陌生人的東西。」雖然很想吃巧克力，但虞因搖搖頭拒絕了。

「姊姊不是陌生人呀，姊姊住在附近，叫林芳希，你問附近的人都認識姊姊喔。」女孩微微笑著，青春洋溢的面孔溫柔似水。

莫名地，虞因突然想起自己的媽媽，媽媽也都用很溫柔的微笑和他說話。

嗯，男孩子不能偷哭。

虞因揉揉臉，還是搖頭，「那阿因要回去問爸爸才可以。」

「嗯，好乖，那你陪姊姊聊一下天可以嗎？姊姊在這裡很久了，都沒有人與姊姊說話，有點無聊，今天是西洋情人節啊……」少女感嘆了聲，隨即又恢復原本的笑容。「阿因知道什麼是西洋情人節嗎？」

「唔……就是女生會給巧克力的那天。」虞因對情人節還沒什麼概念，只知道這天家裡會出現巧克力，爸爸們說是別人送的，每年的這一天都會收到很多。不過再更之前，是媽媽會做巧克力蛋糕給他和爸爸，全家一起吃。

結論，可以一起快樂吃巧克力的一天。

聽著小孩的解釋，少女心情很好地抿了抿微彎的唇，像是隨著那些話語想起了家人。

「的確，應該是要一起快樂吃巧克力的一天，時代在進步啊，以前必須偷偷摸摸的呢。」

「偷偷摸摸？」虞因有點疑惑，接著猛然想起卡通裡好像有偷偷把禮物放到櫃子裡或抽屜的情節，於是他認真地點點頭，表示同意會有人偷偷摸摸，爸爸們也常說收到不知道誰給的禮物。

「是啊，以前很多人做什麼事情都須要偷偷摸摸。」少女蒼白的指尖拂過耳下一公分齊平的黑髮，淡淡地望向無波的泳池。「尤其是像某些特別的日子，很多同學們偷偷告白、談戀愛，被教官抓到就不得了了。」

「？」虞因聽不太懂，但可以感覺大姊姊似乎有點悲傷，於是他乖乖地聆聽對方緩慢敘說的話語。

少女微微側頭，有點開心地彎起唇瓣：「姊姊也告白過喔，姊姊的男朋友是很優秀的學長，大我一屆的資優班班長，學長爸爸還是我們學校老師呢，我們都住在這個社區。原本只是想不要留下任何遺憾，沒想到學長居然接受我的告白，那年情人節時，就在這個地方。」頓了頓，她指指隱藏缺口的鐵網。「社區很多小孩都知道鐵網這個地方壞掉，但沒有人告訴大人，因爲這裡一到晚上就會關閉，大門上鐵鎖後就不會被注意到，於是我們悄悄地溜進來，然後躲到更衣室裡面，就不會被任何人發現了。」

虞因跟著少女指向之處看去，游泳池規模雖小，不過仍有深池與淺池兩種之分，另外就是一個比較簡易的更衣室。

爲了怕被偷窺，更衣室的透氣窗做得很高，即使是成人也必須要拿墊腳物才搆得到。

看著那種高度，虞因思考虞夏好像很輕易就可以爬進去，應該大家都一樣，所以沒有提出其他疑問。

「那其實很難爬啦。」少女見小孩盯著窗戶，好心解答疑惑：「門是喇叭鎖，太常開開關關所以鎖不緊，我們拿卡片刷一下就開了。」

「這樣壞壞喔不行。」虞因聽完覺得很像爸爸常形容的那種闖空門的壞人，皺起臉告訴大姊姊：「會被警察抓，不可以亂開鎖。」

「是啊……不可以亂開鎖。」摸摸孩子的頭，少女的眼神悠遠了起來：「為什麼，那天就是開了呢？我明明，只是想等他來啊……原本應該只是一個一週年的驚喜……」

游泳池的水面無風無物卻起了一小圈漣漪，細細的水泡成串從池底向上漂浮。

虞因隱隱約約好像看見很淡的淺灰色影子站在更衣室前，單薄的門板發出細微的聲響往內輕輕推開。

影子像是看見什麼一樣，身體向後傾，似乎很吃驚，接著朝游泳池、應該說是破損鐵網的方向跑過來。

有另外一道較高的影子追出來，在前一道影子經過游泳池時，伸出手不知是想抓住對方又或是有意無意，總之最後推了一把。

淡色的影子墜落，掉進游泳池裡，驚恐掙扎。

較高的影子立即跟著跳下去，將似乎失去意識的影子拖出水面，然後放在一邊進行簡易的溺水急救。與此同時，更衣間跑出第三道灰影，似乎很吃驚地停頓了幾秒，隨即跑過去拉扯較高的影子起身，兩人一起往鐵網洞口方向逃跑了。

躺在地上的灰影顫抖了幾下。

這時鐵網處又有動靜，一道灰影躬身再度跑進，它緩慢地靠近不斷發抖的地面灰影，最後伸出手，將無力抵抗的灰影往水中一推。

灰影再度沉入水面底下，驚恐掙扎，最終沉默。

虞因用力揉揉眼，眼前沒有任何影子，游泳池上的漣漪回歸平靜，清澈的水底有著湛藍的磁磚。

「看見了，卻寧願沒看見。」少女輕嘆，再回頭時又是溫婉柔和的笑容，蒼白如紙的臉上隱隱出現灰色的紋路。「我一直在思考，如果有人對你做了很壞很壞的事情，你認爲應該原諒他嗎？」

「很壞的事？」虞因回過神，煞有其事地環起手，嚴肅地沉思。

「是啊，父母要我放下，好好地去吧，其他人要我別掛念，一切都讓它過去吧。所以該過去嗎？該原諒嗎？因爲發生的事情已經無法挽回，放下一切最好嗎？這樣遭遇過壞事的人心情又該如何？」少女握著淡金色的盒子，有些迷惘，卻又有著相當清醒的神情。

「如果是很壞的事情，爲什麼要原諒和放下？」虞因認眞又努力地代入了家長們平常的思考模式，然後擊了一下手掌。「我二……叔叔說，眞的不爽就不要原諒，就像罵我說謊，又故意把我鉛筆盒丟掉的陳立銘，他媽媽和老師也說要原諒他，可是他沒有道歉，叔叔和爸爸說，要不要原諒是由我決定的，別人不可以幫我決定，所以我可以不原諒他。」

認眞地想起那個很壞的同班同學，虞因明明只是向老師實話實說，畢竟陳立銘的妹妹告訴他是哥哥偷同學的玩具，被偷玩具的同學哭了一個早上很可憐；之後老師也在陳立銘的書包裡找到同學的玩具，結果陳立銘說他是大騙子，又說他是怪物，還說他很噁心，撕他的作業本又丟掉他的鉛筆盒，最後也沒有道歉。

被老師通知到校的陳阿姨叫他不要亂說話、小小年紀學會說謊什麼的，還罵爸爸不會教小孩；後來爸爸們說他可以選擇不原諒，虞夏更偷偷告訴他，對方不道歉就蓋那個臭小孩布袋。

虞因想想，蓋布袋被打的人好像會很痛，所以他沒有蓋陳立銘布袋，只跟陳立銘的妹妹說她哥哥很壞，妹妹也同意，還說她哥哥很愛說謊，明明把她推到了很深的大洞裡，她哥哥還騙媽媽說她是因爲貪玩才沒有回家，害她回不了家了。

所以他和陳立銘的妹妹都決定不要原諒陳立銘。

不過寒假之前，陳立銘就沒有來學校了，爸爸說他搬家轉學了，而且要去很久的醫院。

少女默默聽著小孩的童言童語，半晌表情有些複雜，太久沒有人與她說話了，所以她不知道該如何評論小孩的同學和小孩神奇的家長。

在她那個年代啊，蓋布袋什麼的，她可是想都不敢想。

而且那位同學的妹妹，聽起來很像是與自己同樣的存在啊！她原本以爲這次會面只是碰巧，難道不是嗎？

「啊！我該回去了！」突然想起阿祖的汽水，虞因驚覺自己離開得有點久，萬一阿祖向爸爸告狀就糟糕了。

「嗯，謝謝你給姊姊的建議，作爲謝禮，姊姊就把巧克力送你了。」少女遞出紙盒。

「不行啦……」虞因下意識搖頭。

「不然……你借姊姊這個，然後姊姊給你一點巧克力當租金。」蒼白的手指指向虞因身後的小背包。

小背包裡，有著虞夏買給他的拍立得。

虞因看大姊姊好像眞的想要借，一時也沒意識到爲什麼對方會知道自己身上有拍立得，他打開小背包，把拍立得遞給少女，少女則從盒子裡拿出幾顆巧克力給他。

「是這樣用嗎？」把玩了一會兒，少女將拍立得對向虞因，後者下意識擺出YA，喀嚓一聲，吐出了一張相紙。

「我幫妳拍啦。」虞因收好巧克力，接回拍立得，有模有樣地對著少女拍了幾張，然後將未顯像的相紙遞給對方。「我要回去了，阿祖還在等我。」

「好喔，要乖乖長大喔。」

離開游泳池鑽進小樹叢前，虞因回過頭，看著少女纖細又孤單的身影站在鐵網另一端，緩緩朝他揮手。

□

最終，虞因還是沒逃過一頓屁股打。

阿祖買完汽水後發現小孩不見了，急急忙忙聯絡雙生子，和幾個鄰居到處找人，直到黃昏才看見他家死孩子從樹叢裡鑽出來。

虞夏抄起小屁孩，先揍再說。

感覺自己有十萬個冤屈的虞因很努力地辯解自己和大姊姊聊天沒有很久，明明才一下下而已，然後在虞佟的詢問下，把相片交給對方當作證物。

含冤的小虞因被大人按著腦袋，乖乖地向所有幫忙找人的鄰里道歉和道謝，雖然不知道爲什麼周圍的叔叔伯伯阿姨和爺爺奶奶們的神情都有點奇怪，但他們還是很親切地對爸爸們說小孩不要一直打，小心會打成白痴。

一群人邊安慰小孩找回來就好，邊目送走這家人。

直到牽著孩子的虞家大小逐漸看不見背影，鄰里們才面面相覷。

本地老社區年輕人大多都去外地工作，留在這裡的幾乎多是居住多年的原住戶，部分年紀相當大，承載了這一帶很多的記憶。

尤其當年集資建造游泳池不是小事，這裡的人年輕時多少去過隔壁小鎮那座有錢人幫忙蓋的游泳池，甚至還有人參與過建造，因此一眼便認出照片裡那塵封在他們記憶中、早已不存在的熟悉設施。

二月的風還相當冷，居民們下意識摸了摸手臂，總覺得好像有陣陣涼風吹在耳根後。

不知道是誰爲了打破這種有點毛骨悚然的氣氛，低聲開口，周遭也接二連三地搭起話題。

「夭壽喔，那個游泳池不是二十年前就塡掉了？」

「對啊，隔壁鎭的那個。」

「什麼代誌？」

「妳比較晚搬來不知道，那邊當年死了個縣長獎的女孩子，小時候我爸還一直說學學人家隔壁鎮的，唉，可惜啊。」

「記得是女孩子不知道爲什麼半夜偷跑進泳池玩……那時候好像一堆小孩子都很喜歡偷跑進去，結果淹死在泳池裡，等到早上管理員開門才看見女孩子沉在水底。」

「對對，溺死後常常有人聽到半夜那裡有哭聲，鎮長就應大家意見把游泳池塡掉了，我老伴以前會去游泳，當時還說可惜。」

「相片是怎麼拍出來的……？」

「就是那個游泳池對吧。」

「應該是同一個。」

「對對我記得，游泳池旁邊還缺個角，一模一樣！」

「好像有傳聞當時女孩子有個小男友？」

「有有，有人懷疑是和小男友約會不小心摔進去。」

「誒我怎麼聽說是撞到別人婚外情？」

「靠杯，我聽到的是她看到有人在呷毒。」

「好啦人都死了不要亂說話。」

「唉呦，夭壽，遇到不乾淨的。」

「都是一群男人不知道會不會照顧孩子，等等我剪一些艾草過去給小孩洗吧。」

「我那邊有芙蓉和抹草，一起剪過去吧。」

「我那裡還有過年去拜媽祖婆拿回來的過火平安符，也拿過去吧……」

「要不要介紹他們收驚的啊……」

…………

……

□

「所以巧克力你吃了嗎？」

過往故事結束後，嚴司提出自己最大的疑問。

「……沒吃，大爸送去廟裡了。」虞因當然沒說出巧克力被拿走後，國小的自己哀怨地在地上打滾的黑歷史。

「當年沒有調查嗎？」黎子泓皺起眉。

「沒有，我和夏後來打聽過，二十年前確實發生過不幸，不過很快就結案。」虞佟端著水果盤走進客廳，把話題接下去：「死者當年在附近鄉鎮很有名，是當屆第一名，拿過縣長獎，她那個學長同樣也是個很優秀的孩子。死者家庭背景一般，父母是菜販，下面有個弟弟，比較難得的是在那個年代他們的父母並沒有重男輕女，非常支持死者向學，甚至預先存了女兒的大學基金。而學長背景比較硬，爺爺就是贊助游泳池的台商，父親則是同校前段班的老師；小男生母親早逝，家人對小男生要求較高。夏去試探時，小男生那邊否認有與女同學交往，男生當時早是企業家了，偷偷交往這種事有心掩蓋也無法查證。」

虞佟接過相片，微嘆了口氣：「死者在泳池被發現時已經泡了一晚，無法救回。當年民風比較保守，家人好像認為是水鬼作祟，這件事最後沒有人追究，也沒有目擊者，加上鎮長與一些鄰里耆老急著想把這件事的影響壓下去，最後用意外結案。我們知道是二十年後，根本沒辦法追溯了，那年代對證物與現場的保管不太嚴謹，沒有任何證據留下；即便在探訪時，我和夏都認爲那位老師的情緒明顯不太對，以及遇到一件比較奇怪的事。」

「奇怪的事？」嚴司對這個有興趣。

「嗯，當年私下稍微打聽後，發現事發小鎮及社區有奇怪的傳言，老一輩的人大多都還記得，是女生溺死後才傳出來——據說女生有偷偷交往男友，可是並非阿因聽見的『班長』，反而是與他同班的『副班長』。」虞佟頓了頓，回憶起當時打探到的凌亂消息，因爲兒子很明確地指出大姊姊告訴他的是「父親是老師的班長」，但眾人流傳的版本卻是「副班長」，這點非常怪異。

再深入詢問當地居民，又得知這位副班長在小女生死後，曾在游泳池鐵網圍牆外痛哭失聲、形容癲狂，許多人都曾親眼目擊，讓他「有戀情」的謠言進一步被渲染。更怪異的是，幾日之後，副班長的家長竟然親口證實副班長和小女生交往過，一點都不怕被指指點點，並且還帶著小孩去死者家上香。

死者父母甚至記得很清楚，那位副班長在靈前不斷道歉，還因爲情緒過度激動昏厥。

「不是班長嗎？」黎子泓有點疑惑，因爲經歷了許多科學無法解釋的事，所以對於虞因遇到的某些狀況，他的信任程度算很高，如果亡者「親口」說了是班長，爲什麼副班長的家人要證實無中生有的戀情？

副班長又爲什麼情緒崩潰？

「暗戀嗎？」嚴司提出疑問：「即使掛了也愛妳之類的，死後才告白。」彷彿八點檔會有的經典劇情。

「不是吧，那位姊姊根本沒提過副班長。」虞因搖頭。他直覺那位女同學說的就是事實，而且對方完全沒必要死後說謊騙小孩。

「這就是更奇怪的地方了，沒多久副班長精神狀況出現問題，按資料，這位資優班副班長也是品學兼優的好學生，家裡開雜貨鋪、供得起求學開銷，家長很支持他去考國立大學。但在林同學身亡後精神幾乎崩潰，連上學都無法，根據鄰居所說，副班長崩潰的程度到了只要看見學校相關物事就會極端地哭號，甚至嚴重到有自殘傾向，最後家人只好為他申請休學。我們去拜訪時，才曉得小男生在那年被送進療養院，家人不願意被打擾，拒絕探訪請求。」當時虞佟和虞夏直覺這裡面可能有問題——就算兩人真的偷偷談戀愛，這位副班長精神崩潰的程度也太不尋常，再加上他有極大機率根本不是與死者談戀愛的對象。

班長與副班長，一個是從奇怪管道得知，一個是被居民，甚至家人親口證實。

「或是那位真正的男朋友家人不想要他與死者扯上關係，付了錢給副班長家人？」東風想了想，這也不是沒可能，畢竟那個時代，一個班長和學妹談戀愛談到出人命了，難免會成為茶餘飯後的談資，說不定還會變成「污點」，大家族想撇清這段關係，換人當擋箭牌的手段也不意外。

「那也不會收了錢之後就精神崩潰啊。」嚴司嘖了聲。

「應該不是，副班長家並不缺錢，看上去不像收錢。」虞佟就是對這點非常不解。

「是凶手嗎？不然爲何要道歉？」東風想到那幾抹游泳池邊的影子的動靜。較高的影子把人救起，較矮的影子把人又推下去了。

但當時在更衣間的兩人又在做什麼？爲什麼會讓比較矮的那個人突生殺意？

「這點倒是有可能，然而我們無法接觸副班長。」虞佟和虞夏其實當時也有這種懷疑，但如果對方是凶手，反而不該坐實有和女生談戀愛這點，這讓整起事件更加撲朔迷離了。

……不論如何，都已經太晚了。

原本是高中生的學長早成了歷經世事的狡猾企業家，精神崩潰的副班長依舊神智不清地在圍牆內，而溺斃的女學生早早入土，僅剩一具封存於地底的白骨。

除了小孩的照片能證明他曾去到那座泳池，所有的一切都無法說明究竟凶手是誰、與死者一起塵埋的事實到底是什麼。

而泳池到處都有，說不定其實這張照片裡的只是其他相似的地方呢？

這個謎底，隨著所有當事人的沉默，或許永遠無法被揭曉。

「嘖嘖，被圍毆的同學，爲什麼人家走通道可以遇見森林精靈，你走通道遇見泳池女鬼？」嚴司撫著下巴，對著事主發出嘖嘖稱奇的感歎，開始覺得可惜了，應該早幾年遇到這幾個傢伙，他人生樂趣會多很多。

「……這麼多疑問你怎麼不去問神奇海螺。」虞因賞了一記白眼過去，拒絕回答這種智障問題。

講得好像他可以選擇一樣！

「情人節慘案啊。」嚴司搖頭，「下一次不會聽到七夕慘案吧。」

「也不是沒有。」黎子泓不自覺地吐槽。

身為執法人員，他們見過太多在各種節日發生的刑案好嗎！

「喔對，看過七夕分屍的情殺。」被這麼一提醒，某法醫霍然想起：「一男劈四女，最後因為傳染性病被原配分屍，生殖器官還餵豬了，有夠狠。所以說人不要太賤，出來混的總是要還，管不住雞雞總有一天會變成飼料。」

這個要仔細說完，又是另一則勸世故事了。

「那種人是活該吧。」東風冷酷地說：「原配根本不應該投案，把屍塊剁細一點分散到全台就好了。」

「啊，是那個把性病傳染給原配，結果原配發現傳染給胎兒的事對吧。」虞因也想起這件鬧得很大的社會新聞，小孩生下來時原配就崩潰了，七夕那天把垃圾丈夫灌醉後剁了，兩日後自行去警局投案，這起悲劇才曝光。

「唉，渣男天天有，希望在處理掉髒東西的時候不要驚動到社會啊。」嚴司深深覺得那些毀人下半輩子的垃圾們都應該獲得一個極刑大禮包。

「嚴大哥你這種話出去不能亂說。」虞因咳了聲，雖然是事實，但講出去大概又會有一堆人抗議。

「放心，大哥哥都是實做的。」嚴司露出親切和藹的微笑。

聿仔細收好相片，把相冊放回櫃子裡。

「對了，既然說那位林同學和學長有在交往，怎麼男生會否認呢？」嚴司坐在地上靠著沙發，提出新的疑問。先撇開副班長家裡的證實不談，按女方所言，其實眞正的男朋友應該是班長，以這個說法爲前提，爲何班長不承認？

「因爲身分吧，那位男同學二十年後已經事業有成，並有家室，或許再提這些沒有多大的意義，可能還會影響家庭。」虞佟不是不理解對方的想法。

也有點巧合，當年他們去拜訪男方老家時，意外地居然碰上當事人帶著妻小回老家探望老人，看著美麗的妻子與孩子們，二十年前的事對當事人而言，應該就只剩年少輕狂後褪色的回憶，再不值得一提。

「可惜了，總覺得內情超級不單純啊。」某法醫對於挖掘真相還是有點蠢蠢欲動，畢竟疑點多到讓人無法忽視。不過就像其他人說的，過去那麼多年了，真相如何，就只有當事人知道了。「被圍毆的同學，你要試試看你的超能力極限嗎？」

「我拒絕，滾開。」虞因面無表情地推開湊過來的渾蛋。

想叫他嘗試通靈古早鬼魂是吧！門都沒有！

「嘖！」嚴司更遺憾了。

「我先去準備晚飯，你們別吃太多零食。」虞佟起身，嗅著一屋子的巧克力味走回廚房。

黎子泓把帶來的遊戲片丟給某個還想搞鬼的傢伙，跟著去廚房幫忙洗菜。

被留下來陪小孩玩耍的嚴司轉著遊戲片盒子，看聿和東風搬出遊戲機，很隨意地向虞因問了句：「故事真的沒有後續嗎？」

虞因偏過頭，盯著漫不經心的傢伙。

「大哥哥不告狀的話，可以聽到完整版嗎？」嚴司表現出很乖巧的模樣。

「沒有完整版了。」虞因沒好氣地說：「全部就這些，可以告訴你的是，之後再去阿祖家時我們也特意去過幾次那座鎮，游泳池的確早就被填了，改成社區小公園，而且我再也沒看過那個姊姊了。」

「咦～好可惜。」原本以爲對方可能是小時候怕遭修理才偷偷藏著完整版，得知眞的沒有下集待續後，嚴司十分失望。「至少要告訴我們結局啊～」

「你們懸案不是也都沒有結局嗎。」講得好像那些卡了超多年的懸案都有完結篇一樣。

「也是啦，人生要個結局眞難，要意外簡單多了。」嚴司結論。

「什麼鬼。」決定不管對方，虞因湊過去和小的們開始討論要先玩什麼，黎檢帶來的遊戲片甚至還有今天才剛發售的，可以趕快打卡搶鮮一下。

盯著小朋友們興致勃勃地打開遊戲，懶洋洋地趴到沙發上的嚴司若有所思。

所以，眞的沒有後續了嗎？

還是後續在他們無法看見的地方呢？

□

很多很多年前，穿著長裙的少女站在已經成爲小公園的游泳池邊，陽光無法照射到的地方是她的葬身之地，而光影璀璨的土地上則奔跑著鮮活存在的孩子們。

日復一日，年復一年。

她一直不理解爲什麼那天晚上自己會就這麼死了呢？

明明，只是偷偷地與學長約定要一起度過一週年的夜晚。

因爲害怕被大人們發現，所以她悄然探索不同於東方的節日，轉而發現原來有西洋情人節這樣的日子，挑選這天告白，告訴學長這個節日的意義，然後約定每年西洋情人節一起慶祝與紀念。

那天，只是一週年的紀念。

然而向來準時的學長卻遲到了。

她沒有想到會有其他人早早進入了更衣室。

她只是聽見了聲響而去查看。

然後看見了老師與另外一位學長幾乎赤裸地在黑暗又狹小的空間裡擁抱。

開門的動靜驚動了兩人。

她其實並不打算把這件事情說出去，只想從那個地方離開。

倉皇驚恐中，她一腳踏空，冰冷的水將她整個人包覆，掙扎時小腿肌肉抽筋了，她開始向下沉。

冰冷、黑暗、恐懼。

後來招魂的人來，爸媽泣訴著讓她不要牽掛，好好地去投胎。老師同學也要她不要留戀，不管好事壞事都隨風而去。那位副班長學長更是在外面痛哭流涕，不斷哭著求著原諒他。

然後學長……

她看著遠處走來的人影。

早已不復從前的成熟男子有了妻小，每年這時候都會回到老家來，趁著無人的早晨將一盒淡金色包裝的巧克力放在她的喪命處。

有點中年發福的男人今年似乎輕鬆許多，好像長年綑綁在他身上的某種束縛緩緩地被解開，他蹲在大樹下看著紙盒，低聲開口：「芳芳，二十年了，這是我最後一次來，所有的事都該放下了，當年我眞的不能捨棄我爸，即使他的私德並不完美，我也不能因爲我爸的事讓我的人生被破壞，在那個年代發生那種事情……希望妳能理解……不過妳也應該早就去投胎了，對吧。以後我不會再來了，我們一家要移民，往後我們會好好生活，再見。」

男人說完話，起身，毫不留戀地轉身走遠。

她望著那道身影。

很想說，她從來沒有放下過。

爲什麼一定得放下？

冰冷、黑暗、恐懼。

多年無法浮出水面的眞相。

父母在閒人的勸說下以爲她是大半夜被水鬼拖走，否則爲何會離開家裡、死在池底。

最後，她成了意外而亡。

意識開始有些混沌時，身後傳來細小的聲音。

她回過頭，看見陌生的小孩從矮樹叢爬出來。

這是很多很多年之後，第一次有人與她四目相對。

而那個孩子說，可以不要原諒。

她笑了。

將紙盒放回原位。

身體與腳步似乎都輕盈了。

她跟上了男人離開的步伐，尋到人後輕輕地攀附在他身後，如同戀人般溫柔且堅定地擁抱。

「學長……我都看見了……」

「以後你不再來，我可以跟著你。」

她都看見了。

沉入黑暗水底時很痛苦，隨即老師在黑暗中破開水面將她拉起，讓她躺在冰冷的池邊進行急救。

然後倉皇套著上衣的副班長匆匆跑過來，滿臉驚恐流淚地拉著老師：我們快走吧，等等一定會有人來救她，我不能被我爸媽知道，會被打死……

老師則是在臨走之前將外套蓋在她身上，安慰道：一定會有人來救妳，沒事的。

她最後看見老師與副班長驚慌逃走的背影，以及——

站在鐵網外，震驚盯著她垂死掙扎的學長。

學長無聲地說：對不起，但我爸不能是同性戀，我爸的前途、我的前途，我爺爺的名聲……

那件開始吸水的外套從她身上被拿起。

曾經接過告白信的那隻手按著她的身體，把她往冰涼的池水推去。

——原本，她是能夠得救的。

也許可以在很多很多年後，和那個告訴她可以不要原諒的小孩在眞正的公園裡相遇，然後一起拍張能夠出現她身影的照片。

而不是在黑暗的地方看著誤以爲自己間接殺人的副班長哭到崩潰。副班長的家人得知這件事後，爲了掩蓋自己兒子是個和老師亂搞的同性戀，以及可能害死人的事，逼他吃了很多治療腦子的藥，然後把逐漸精神錯亂的副班長關進精神病院、失去人生。接著對外承認她與副班長的謠言，就是爲了確保「副班長喜歡女人」，而不是個喜歡男人又勾引老師的變態。

也不是眼睜睜看著學長阻止誤以爲害死人的老師去投案，看學長拿著外套逼問他爸要當個勾引學生的變態毀掉兒子和爸爸，還是要當個被尊敬的正常老師與照顧家裡的父親。

更不是看著學長娶妻生子，還用他以爲的歉意與一絲深情，年年到她死去的地方放置一盒巧克力，如同兒戲。

散落在淡金色包裝盒邊的幾張拍立得呈現一片黑暗。

就像她已經無法擁有的人生。

其實她早就原諒了副班長，副班長只是爲了愛人，那天原本應該是個充滿愛的日子，每個人都值得擁有。她當時就沒有打算把事情說出去，因爲她認爲不管是什麼樣的愛，勇敢爭取就彌足珍貴。所以她可以理解副班長的害怕並接受他最眞誠的道歉，她也很遺憾副班長的遭遇。

她也原諒了老師，因爲老師後來辭去工作，和家中父親鬧翻後孑然一身地離開家，去了遙遠的療養院當門衛，陪著早已無法認人的副班長，每年都把薪水匿名寄到她家給弟弟當學費，直到病死都沒有再回來過。

他們都爲了過錯愧疚一生。

唯有……

她緩緩地將浮腫的頭枕在學長肩上，如戀人般低聲絮語。

我都看見了。

但是沒關係，我會與你永遠在一起。

我絕對不原諒你。

情人節快樂。

〈情人節〉完

# 母親節·因爲、沒有

「阿因沒有媽媽。」

每到這個節日，他就會聽見這句話。

不管是從別的孩子嘴巴裡，或是自己心裡，再不然就是自四面八方傳來。

那些與他們無關的人，會不斷不斷提醒他這件事。

「渾蛋！我有媽媽！」

只是在照片裡而已。

紅色、粉色的康乃馨，一般小孩存幾十塊的零用錢就可以買到一小束，放在桌上看起來典雅漂亮，並且昭示每年一度那代表特別的愛。國小的孩子們尚未踏出校園、放學前，動作快的商人已先在校門口設攤販售，摩拳擦掌地準備賺一波。

班級也會一起合訂，或是學校讓學生們做胸花，放學時可以看見人手一抹紅，快快樂樂地迎向來接送的父母，亟欲將花朵送出去。

或是期待地加快腳步，想回家給母親一個驚喜。

但就算回到家，他家裡也是空蕩蕩的。

虞因看著校門口的花束。

今天勞作課老師也讓他們做了胸花，然後平常玩在一起的其他同學問他可不可以把胸花分給自己。

「因爲阿因沒有媽媽，所以也不用送啊。」同班的男孩笑嘻嘻地說道，一點也不覺得這些話哪裡有錯，畢竟大人們常常這麼講，既然沒有媽媽，當然就不必帶胸花回去。

雖然才五年級，不過虞因瞇起眼睛，那時候想到的是二爸私下告訴他，如果有小孩嘲笑他沒媽媽，就直接送對方一拳讓他笑不出來比較快。

然後他就呼了對方一拳。

男孩錯愕之後反射性憤怒回手。

接著起爭執的兩人一起被老師趕出去外面扛椅子罰站了。

不過事情還沒完，老師要求他打電話給家長，因爲被呼了一拳的小孩家長氣勢洶洶地抗議，說什麼打傷小孩的心靈，還指著他罵說沒媽媽教的小孩才會這麼壞。

反正，他是眞的有打電話了，所以正在乖乖等家長來，只是不知道會不會來就是。

不管是大爸還是二爸，每次警局有事就都不能離開，畢竟他們的有事很常和別人的生死有關，因此從以前開始發生過很多次說要接他下課，最後還是他一個人走回家的情況；其實也無所謂，都長大了，又不是一年級小朋友，老早習慣自己上下學，況且偶爾也會有其他警察大哥或叔叔來載他一段。

家裡面，有時候爺爺奶奶會來幫忙幾天，有時候是外公外婆來，隔壁鄰居媽媽也會叫他過去一起吃晚餐，比起經常忙到不見人影的二爸，大爸已經非常努力正常下班回家照顧他。他很早就學會不要亂吵，大家都很忙，他現在五年級了，比以前懂事，不會無理取鬧。

見放學的小朋友走得差不多了，賣花的攤子開始收拾。

虞因掏了掏口袋，還有張百元鈔票和一些零錢，這幾天早餐忍著只吃一點點，大爸、二爸給的零用錢都存了起來。

一旁花販看到校門口的小孩正在掏錢，很熱絡地走過去招呼，「要買康乃馨嗎？拿回家送媽媽，媽媽會很高興喔，老闆也要回家了，剩下的便宜賣給你好不好？」

他想了想，點點頭。

虞夏匆匆趕到學校時，看到他家的小孩抱著一堆康乃馨站在校門口，他也沒多想，下了計程車、幾個大步過去一把抄起已經有點重量的小男孩揹在身後，「幹嘛，你們學校有通緝犯急著抓嗎？」

「我貓了同學。」虞因很誠實地告訴他家二爸，大爸說小孩子不能說謊，「我先動手的，不過是他先沒禮貌，我貓得心安理得。」

「喔？很嚴重嗎？」大概知道為什麼會被叫來的虞夏揹著小孩往學校裡走。

「沒啊，他有爬起來還手。」虞因搖搖頭，認眞想了想，確定地說：「也沒有瘀青。」

虞夏嘖了聲：「我是怎麼教的！居然沒有瘀青還可以爬起來！有沒有搞錯，壓制首要就是讓對方連動彈都不能才對……算了，沒瘀青還叫家長來幹嘛，最近學校是不是吃飽撐著沒事幹啊。」他剛剛在訊問現行犯，他哥則是任務中走不開，害他急急忙忙把人丟給小隊員就跑出來。

雖然現在已經是他下班時間，正確來說，今天其實他休假，他只是下午拿著菜單去幫忙買菜，順手扭了個飛車搶劫押回去而已。

虞因聳聳肩：「同學爸爸說要賠醫藥費。」

「哼哼哼哼哼。」虞夏發出不明聲音，然後才看向從剛剛開始一直搔他脖子的東西，「你幹嘛買這麼多康乃馨？」

「阿嬤的、外婆的、隔壁媽媽的，大爸的。」虞因一個一個算，手上一共有七束裹著玻璃紙的花枝，「還有媽媽的。」剩下就太多了，但剛剛老闆說一起買要算他便宜。

「該不會又省早餐錢吧，下次早點講，我多給你一點零用錢啊。」虞夏顛了顛身後的小孩。他也是忽略了，這幾天大家都忙，沒注意到孩子偷偷在存錢。

「大爸說不可以啊，小孩子不能拿那麼多錢，要聽話啊。」學著虞夏的語氣，虞因也很認真地回應。

「那是你爸又不是我爸，我幹嘛要聽。不正當的錢才不能拿，有正當用途的你管他……到了。」看到導師辦公室的牌子，虞夏把背上的小孩放下來，拍拍他的頭，「來，先講好，回去之後你大爸如果問起來……」

「要說二爸有和平溝通。」虞因接了對方的話，很認真地點頭，接著才想起另個問題：「可是老師是要找大爸……」老師的確是說要爸爸親自前來。

「安啦，我有拿佟的皮夾出來。」整理了下衣服，虞夏跨進導師室。

雖然不知道皮夾和這事有什麼關係，虞因還是乖乖跟著進去了。

放學後的時間，大部分老師都已離校，只剩一、兩個正在整理物品，以及他們的班導師，在小沙發那邊還有同學與他的父母。

虞夏快速掃了眼全部人，職業習慣讓他很快判斷出這些人的性格，結論倒是有點意思。

一見虞因回來，女性班導立刻站起身，看見旁邊的虞夏後稍微愣了一下。

雖然知道這小孩是單親家庭，但幾次家長會她都沒見到虞因的父親，學校一些重大日子例如校慶時，大多也是祖父母到場，有時候離譜到是鄰居或一些叔叔阿姨之類的親朋好友來參加，現在還是第一次看到站在眼前的青年。

班導皺起眉，看著一臉無辜的虞因，「不是說今天一定要找爸爸嗎？這是哥哥……表哥或堂哥？」說是大學生好像又不太像，實在是太年輕了，而且還穿著T恤牛仔褲，看起來更小了，「這樣不行喔，不能請爸爸來嗎？」

虞夏面無表情地看著觸目的班導師，「我是他爸。」

「呃……」班導露出有點無法相信的表情，「這個……」她沒想到虞因的父親竟然這麼小——難道是未成年生的？

虞夏再度面無表情地拿出皮夾，掏出虞佟的身分證遞給班導師，「我快三十了。」他用毛細孔也可以猜得出來老師在想什麼。

這次導師整個震驚，錯愕地把身分證還給對方後連咳了好幾聲：「那麼虞先生，因爲阿因今天在學校和同學打架，所以對方家長堅持一定要您出面處理，不然要叫人來……先請到這邊吧。」

跟著看過去，沙發座裡幾個人面貌更清楚後，虞夏暗暗冷笑了聲，小孩看起來就是一般小屁孩，不過家長有點趾高氣揚的樣子，一臉眼高於頂、你算老幾，隨時可以掏電話裝模作樣的架式；他遇過很多這種人，大半後面不是有個老大撐腰就是有民代立委靠山，仔細打量後，他想應該是前者。

「不是要找他爸嗎？」叼著菸的高大男子斜眼看著比自己矮半個頭的虞夏，很不以爲然地說，「又找一個小孩，沒老母就算了，連老杯都不敢出面嗎。」

站在男人身邊的是個頭相對矮小的女人，看來大概三十上下，五官長得滿漂亮，但給人氣勢淩人之感，一見到虞夏便露出不耐煩的表情，「這不是浪費我們的時間嗎，小孩在學校被打了，應該叫你們爸爸出來道歉還有賠償醫藥費，我家小孩今天被打之後一直很難過，可能會造成心靈上的創傷，你們不叫大人出來，要怎麼講賠償問題！」

虞夏瞄了旁邊一眼，被揍的小孩跟虞因排排站，兩隻小的在那邊竊竊私語不知道在講什麼，還講得頗歡樂。

「那個，這位虞先生就是……」導師正想解釋，對方家長又叫罵起來，剛好堵掉老師的話，讓年輕的女老師有點不知所措。

「我看也不用叫了，你回去告訴你爸說，我家小孩被欺負成這樣，不給個三萬沒辦法了事，如果不拿出誠意，大家很難善了！」仗著身高差，男人呸了聲，把菸吐在虞夏鞋子邊，

「電動間的陳仔是凭北的好朋友，會發生什麼事很難說喔。」

虞夏抓抓臉，「錢是沒有啦，會發生什麼事情我比較好奇。」

「幹——」

「請不要在學校動粗——」

巨大的聲響直接迴盪在導師辦公室裡。

虞因拉著身旁嚇呆的同學退後幾步，避免被捲進大人的問題裡。

直接借力把揮拳攻擊的人側摔在地，虞夏蹲在對方旁邊，拿出員警證拍拍男人出汗的臉頰，用對方剛剛的話回敬：「電動間的陳仔是凭北最近在盯的，你如果是他朋友，最好通知他不要太囂張，機台少進一點，不然下次再被我抓到就不是上次那樣簡單處理了。還有，不要再讓我聽到你在學校恐嚇其他家長，不然會發生什麼事情你可以問問看你朋友。」

說完，他站起身，順勢把男人也拉起來，「阿因，過來。」

虞因乖乖地走過去。

直接一拳摜在男孩頭上，虞夏開口：「跟你同學道歉，他沒禮貌是他家的事，你在老師面前打人就是你不對。」起碼也要把人關到廁所再打。

「呃、對不起。」虞因捂著頭，很老實地向同學道歉。

「那個……不是啦，我先說你沒媽媽……對不起，而且也沒有很痛了，眞的。」也不知道事情會鬧成這樣的另一個男孩很尷尬地低頭。

小孩子們本就是打鬧吵架很快就過的性子，一下子就完全沒事了。

站在一邊目瞪口呆的班導師過了好一會才回神，連忙收斂自己過度驚愕的神情說道：「既、既然沒事，那鄭先生……」她看著灰頭土臉的夫婦，兩人氣焰明顯減弱很多，現在看起來是可以正常溝通的模樣。

「有問題可以打我手機，賠償也是，你很想要的話。」虞夏擺出微笑，遞出名片，「二十四小時開機等你。」

「不、不用了，小孩子玩玩嘛，沒事情，一切都沒事情。」男人連忙跟著陪笑，背脊滿冷汗，腦袋裡想起來的是前幾天他兄弟喝酒時講過的事，現在才驚覺眼前小孩的長相和他兄弟說的簡直一樣。「講開就沒事了，明天假日嘛，大家別掃興了，和和氣氣的多好。」

「是啊是啊……」婦人很有眼色地趕緊一起陪笑。

「好吧，那就這樣了。」虞夏收起皮夾，對手戰鬥力太弱，簡直毫無挑戰性。「那可以回去了吧？」

「既然雙方家長已經解開誤會，那就快點回家吧，小朋友應該也肚子餓了。」導師連忙順水推舟地說道。

「那我們也先告辭了。」拉著自家小孩，夫婦又鞠躬又對老師道謝的，恨不得用最快速度逃離學校。

「阿因走吧。」虞夏拍拍虞因的腦袋。

「啊，等等。」小跑步地跑到婦人面前，虞因朝對方遞出一小束康乃馨，「鄭媽媽這個送妳，母親節快樂。對不起，因爲我媽媽沒有辦法拿、可是我大爸說媽媽看到花就會很快樂了，所以鄭媽媽可以拿就要更快樂喔。」

婦人有點吃驚，然後半是尷尬地收下了花。

「下週一見。」和同學快快樂樂地道再見後，虞因拉著虞夏的手一起回家了。

揹著小孩走在回家的路上。

當初買房子有留意學校距離，慢慢散步大概半小時左右可以走到家，並不太遠。

「阿因你是不是又肥了，好像有點變重。」看著已經逐漸亮起的路燈與變黑的天空，虞夏隨口說著。

「有長高一公分，大爸說不要常常給你揹好玩。」其實都五年級了，長高不少的虞因多少開始意識到這樣被大人揹很丟臉。

「明年開始你就自己腳踏實地吧，現在我當練身體。」實際上可以面不改色地扛起一個成人丟到對面街道，虞夏對這點重量不看在眼裡，「你會很介意嗎？沒媽媽的事情？」

虞因明顯愣住。

向來說話不太修飾的虞夏頓了頓，才意識到自己好像有點過於直接，他摸摸鼻子，小心翼翼地說：「嘖，大嫂已經去了有幾年，這也沒辦法，我跟佟說過小孩還是要有媽媽比較好，你會想要新媽媽嗎？」他們不是沒注意到每年母親節阿因難免有些落寞，但是都沒開口過。

「不要。」虞因皺起眉，趴在二爸背上，「這樣我媽媽不是就會被忘記了嗎，不要新媽媽。」他要一輩子記得自己的媽媽，最好的媽媽。

「那我哥大概要當一輩子和尚了。」虞夏半開玩笑地說道：「不過這樣你不會覺得很寂寞嗎？沒弟弟、沒有妹妹，自己一個人很無聊喔？」

「可是我有同學的爸爸娶了新媽媽，同學說新媽媽生弟弟之後根本不想管他，爸爸也比較疼弟弟，所以寧願不要。」虞因嘟起嘴，想到同學說的那些事，他就覺得自己無法接受。

「一個人也不會無聊，有時候會有別的小朋友一起玩，沒關係。」

「……別的？」

「嗯啊，公園裡面有、學校也有，偶爾會看到，可是很快就不見了。」從小到大他都不缺這些玩伴，所以可以不用什麼新媽媽的弟弟妹妹。

「阿因，以後不要跟那種小朋友玩。」虞夏非常鎮定地說道。

「大爸也這樣說……可是……」

「要聽大人的話。」

「喔……」早知道就不講了。虞因有點後悔地想著，然後晃著手上的康乃馨，「對了，二爸也會娶新媽媽嗎？」

「我娶的話不叫新媽媽吧，我又沒結過婚。」虞夏挑起眉，想著該不該糾正身後小鬼的觀念，都五年級了這樣可不行。

「可不可以不要有新媽媽跟弟弟妹妹？有大爸跟二爸跟阿公阿嬤就好了，媽媽只要原來那個，不要別的，我們家只有我們就好了，可不可以？」往前鑽了鑽，虞因巴著對方的脖子問道：「好不好？」

虞夏默了幾秒，認眞思考著這個虞家搞不好會絕子絕孫的問題，「等你長大再來討論吧，反正我哥現在應該也沒有再婚的打算。」

「要長多大？」

「有跟我一樣高就算大了。」

「喔。」虞因想了想，「那在之前不要有新弟弟妹妹跟新媽媽，絕對不可以有喔！不然我會很生氣喔！」

「你到底是跟哪個同學學這種事情的啊！」虞夏現在覺得該扁的應該是那個死小孩，到底是怎麼宣揚繼母的可怕。

「嘿嘿～」虞因笑了半晌，把頭埋在大人肩膀上，「可是，我還是很想媽媽……」別的同學都有媽媽，早上到校時有很多媽媽，送午餐時可以看到很多人的媽媽，放學接送時也看見很多人的媽媽，每個學生都和媽媽有說有笑的，媽媽還會跟他們一起去買路邊的冰、雞蛋糕，還有紅豆餅。

他的媽媽很早以前就不在他旁邊了，連送一朵花都不可能接過去，只能放在相片前面。

有時候，同學會抱怨媽媽很囉唆，但是他連媽媽的聲音都沒辦法聽見，甚至沒有反覆看影片的話還可能會忘記。

他很想、很想。

他想把今天做的胸針花別在媽媽的衣服上，讓媽媽摸摸他做的胸花。

他不懂，為什麼已經不可以了，不想懂。

就算他努力想偽裝成不懂的年紀，事實依舊不斷提醒他——

因為阿因沒有媽媽。

「不要哭。」虞夏騰出手，摸摸埋在肩膀上的小腦袋。

「可是回家……大爸會難過……還要一直安慰我……」用力吸著鼻子，虞因大力環著對方的脖子，「家裡不能哭……可是沒有媽媽了……」

虞夏停下腳步，看了看，反向走回附近的社區小公園，路過的家家戶戶正開始炊煮晚餐，還不時傳出親子間的笑鬧聲。

路燈下，他把虞因放在鞦韆上，然後蹲下與小孩紅紅的眼睛平視，「你哪裡沒有媽媽。」

「就沒有了……」

「你是誰生的？」

「媽媽啊……」抹著眼淚，虞因低下頭。

「健康教育有教過吧，你是媽媽肚子生的，媽媽的肉分出來變成你的樣子。」虞夏伸出手，直接往小孩的腦袋戳下去，「你媽媽的肉變成的腦子，你媽媽的肉變成的手跟腳，還有你媽媽的肉長出來的肚子……你最近給我多吃點飯，再給我省錢買東西當心我揍你。所以你說你哪裡沒有媽媽，你媽媽的肉不是都在你身上嗎。」

虞因睜大眼睛，愣愣地看著自己的手。

「你看你媽媽的肉還一直在長大，還在這裡，就算你媽媽已經去當神了，但是她分出來的一半還在這裡啊，誰說你沒媽媽，你媽媽就跟你在一起分不開啊，下次誰再說就揍他讓他說不出來。」虞夏捏了捏男孩的臉頰，「所以你乖乖吃飽點長大，長越好，你媽媽就會一直跟你在一起，懂不懂。」

「嗯……」用力地點點頭，虞因才停止眼淚，然後笑了出來，「沒錯，阿因有媽媽。可是，揍人會被老師叫出去罰站耶。」

「拖去沒人看到的地方再揍啦。」拎起小鬼揹著，虞夏才又往回家之路邁步。

走到一半時，一束康乃馨從後遞到他眼前，「二爸，母親節快樂。」

「……你覺得我像你媽嗎？」

「二爸也是阿嬤生的，也是你媽媽的肉，所以也是媽媽，可以過母親節啊。」這樣花的數量就全部剛剛好了。

「……算了，隨便啦。」

反正教育是他哥的事。

□

後來他們回到家，大爸已經在家裡煮好飯菜等他們了。

接著虞夏因為偷皮夾和證件被虞佟唸了一頓，還要虞因不可以學他二爸，不管什麼行為都不要亂學。

不是很懂的虞因在大人們解決完事情後，把康乃馨送給大爸，換來摸頭跟大爸很高興的笑容，然後也去送給隔壁的媽媽，隔壁媽媽還給他蛋糕端回家吃。

週六、週日爺爺奶奶和外公外婆會來。

大家都會來。

看著書桌上的相片，虞因小心翼翼地把康乃馨和胸花放在相片前，「阿因有媽媽，沒關係，阿因是有媽媽的。」

沒問題的，他會一直長大，而且會過很多很多的母親節。

「媽媽，母親節快樂，我很愛妳。」

那天晚上，他睡得很沉。

但是他覺得有人很溫柔地坐在床邊，幫他拉拉被子，摸著他的頭，低聲地說著一些小故事，那都是以前最熟悉的。

他知道有人摸著康乃馨，柔美地笑了。

不用昂貴的禮物，也不用那些大人才買得起的東西，只要這樣，她就微笑了。

「媽媽跟阿因一人一個，阿因是媽媽的寶貝喔。」

然後天亮他醒來時，相片前的康乃馨已經不見了。

他摸著衣服，胸花別在他的衣服上，細心地、一點也沒有扎傷他。

房間裡只剩下淡淡的香氣。

早上六點鐘的時間。

「阿因，下來吃早餐了喔！」

「好——」

## 尾末——

01.

「要長多大？」

「有跟我一樣高就算大了。」

之後虞因就長得比虞夏還高了。

「……該死。」

02.

「夏，請你以後不要假裝是我去學校好嗎？」

虞佟收回自己的皮夾，看著坐在對面轉電視的兄弟。

「有差嗎？反正老師要找爸爸啊。」虞夏拿起桌上的熱柚子茶，很理所當然地回答：「你和我都一樣啊。」

「……但是阿因的老師現在一直打電話來想問我保養上的問題。」

「啥？」

〈母親節·因爲、沒有〉完

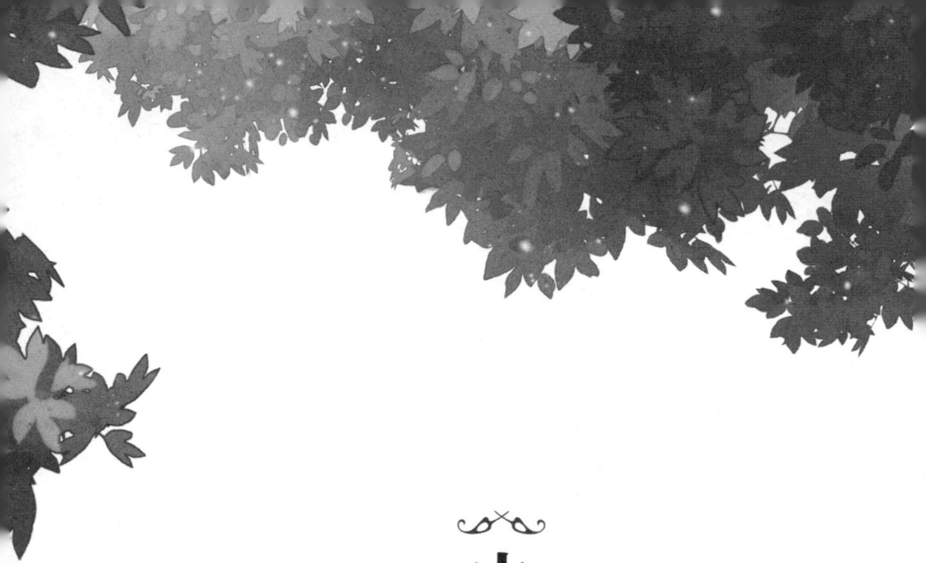

# 中秋節

「玖深！快點過來！」

中秋時節，老家外面那片空地擺滿了大大小小的桌子。

玖深老家小孩很多。

老一輩堂表親戚住得近，幾戶人往來頻繁緊密且和氣，所以從小到大他同輩的哥哥姊姊弟弟妹妹加起來將近二十人，返鄉時若全員到齊，光是小孩們喧鬧起來的畫面就相當驚人，附近一帶的屁孩群都不太敢惹他們，畢竟欺負一個，包過來的就是一大群，壓力非同小可。

這也表示，只要兄弟姊妹們齊心想玩某個人，那個倒楣鬼就會被玩到頭眼昏花。

他就是在這種環境下長大，也是備受寵愛的那個倒楣鬼，一直到上國中都沒能擺脫此種宿命，每當兄弟姊妹想到要對誰惡作劇，第一個遭殃的就是他。

然而大家對他又很好，什麼好東西都是先想到他，超級兩極。

「不要玩小玖！」

大嗓門的嬸嬸對著那堆吵翻天的小屁孩吼叫，手邊繼續把模具裡的小月餅敲下來。

大人們忙著送最後一批月餅進烤爐，這樣才趕得上冷卻裝盒讓各家返家時帶走。回來過節的親戚朋友數量多，大家一起協力製作的量非常龐大。

不過家裡做的就是比外面好吃許多，大家每年趕回來過節，除了氣氛與聯絡感情，爲的也就是這一口。

「哎，小孩嘛，逢年過節也才聚幾次。」一旁的姑姑掩唇笑著，把手邊月餅一個個擺好在烤盤上。

「一群死小孩吃定小玖脾氣好不會真的抓狂，每次回來都玩他！」嬸嬸越想越不對，衝著跑遠的大群小孩又吼了句：「姜正巍！給我顧好你弟弟妹妹們！小玖的毛一根都不准少！」

一堆矮矮的小孩裡有幾個相當高的大男生，其中一名連忙抬起手揮了揮表示自己有聽見，並且加快速度逃遠。

要知道他們這位嬸嬸超凶，沒在管小孩平時受不受寵，搞出事管你有沒有成年，鍋鏟或麵棍抄起來可以一路揍過去。

「小玖快點！」

大男生拖著旁邊的小男孩，帶著眾多小屁孩及跟來玩的三名同學嘻嘻哈哈地跑掉。

玖深雖然不知道爲什麼大家要瘋狂逃逸，但因爲被大表哥拽著，只好跟著人群跑。

他們這群人，最大的是讀大學的大表哥，最小的是兩歲半的小堂妹，大大小小的孩子，男生女生都有，加上今年大表哥的同學也來玩，猛一看竟然有點攜家帶口的感覺。

「快點快點！」穿著七分褲的三堂姊跑在前面朝大家招手，奔跑的終點是年紀比他們任何一人都要大的糖廠。雖說這幾年好吃的冰品滿街都是，不過同鄉果然會想往這個從小到大必來的地方跑，吃的就是懷念。

「啊！流口水了！」抱著小堂妹的堂哥看著往自己臉上吹泡泡的小孩。

周遭年齡比較大的男孩們輪流接過很小隻的堂妹。

彷彿遷徙動物般的小孩群在大熱天裡衝進開著冷氣的門市，熱鬧哄哄地對著櫃台阿姨點各自想吃的冰淇淋口味，有些人則是在一邊糾結到底要什麼味道好。

殿後結帳的大表哥凝視著混水摸魚也敲了自己一筆的同學們，無奈地全數買單，誰教他打工有錢，當然不能讓這一大堆的弟弟妹妹出錢。不得不說人數一多，累積起來的金額很是驚人。

「正巍哥。」玖深拉了拉大表哥，他們兄弟姊妹數量太多，有的年紀小的根本搞不清楚堂表親之類的稱呼，偶爾會叫錯人，後來乾脆都喊名字。「嬸嬸要我拿這個給你。」

說著，往大表哥手上塞了小小的零錢包。

出門前，嬸嬸就把這個放他口袋，要他拿給大表哥，裡面是幾張感人的大鈔。

嬸嬸不信任其他幾個經常發癲的大屁孩，把東西交給相對比較可靠的玖深，要他到買東西的地方再交給大表哥處理。

「好，你快去吃吧。」大表哥收下小錢包，他都打算去領錢了，幸好天降公費。

嬸嬸在揍人之餘，對小孩們極爲大方，該吃該玩的都會買單，所以小輩們對這位超凶的嬸嬸依然心服口服，雖然被揍眞的挺痛。

同學們笑嘻嘻地過去搭著大表哥聊起來。

玖深端著剛領到的紅豆牛奶冰淇淋，左右張望了下，在旁邊找了個空位坐下，看著兄弟姊妹們愉快地享用甜食，較大的孩子你一口、我一口餵食很小的堂妹，一小團的孩子快樂地吹口水泡泡和拍手。

「小玖小玖。」上高中的堂、表姊們坐過來。「國中好玩嗎？有沒有不習慣的地方？」

她們笑咪咪地盯著這位剛上國中沒多久的弟弟。

不得不說弟弟是他們這一大群人裡面脾氣最好、性格最佳，完全不記仇，軟軟的簡直老實到可愛；從小被大家玩到大竟然沒想過要和他們斷絕關係，每次拿到零食還覺得大家是好人，大小年節照樣返鄉，呆呆的很有意思。

「有認識幾個新同學，下課也會一起去打球，課程跟得上。」玖深想了想，認眞地報告最近的上課狀況。他功課很好，在所有同輩裡算是滿頂尖——畢竟每次寒暑假回來玩時，還要幫親戚哥哥姊姊們寫寒暑假作業，根本超過自己年級所學。

以前小時候沒感覺，眞心相信這些親戚的鬼話連篇。

說什麼因爲我們要帶你們這些弟弟妹妹玩比較沒時間，所以你們幫忙我們一起趕功課是正常的。

長大才知道一點都不正常啊喂！

幫年紀小的弟弟妹妹就算了，小學幫國中、高中寫寒暑假作業是正常的嗎！

等到他學會抗議後才知道：這個世界不是抗議就有效，他照樣繼續被抓著幫忙輸出作業。

因爲他早早就立定志向，又比較不會拒絕人，這些良心可能被狗啃殘的兄姊們以各種替未來鋪路的藉口要教他新鮮事物，連比較簡單的英數理化都塞給他，雖然聽他們講解挺有趣，但就很不對勁啊！

今年寒假過年時，他還學會了裝裱、攝影作業了呢……

活到國中的玖深學會了一件事——就算當個好孩子提早寫完寒暑假作業也沒用，因爲會有更多寒暑假作業等著他，每年依然都混在一堆最後幾天才寫作業寫到爆炸的小孩堆裡，跟著一起體會什麼叫作長假的倒數三天。

大概是僅剩的那點良心多少會不安，哥哥姊姊們常常私下給他額外的零用錢當辛苦費，或是大包小包的零食塞給他。

然後下次繼續奴役。

感謝這些年的歷練，玖深的課業一直名列前茅，並有超前跡象，還學會一堆雜七雜八的東西。

「所以你對服裝設計有興趣嗎？」代表的堂姊露出魔鬼般的笑容。「可以詳細教學喔，還幫你準備好簡單易懂的筆記。」

「……」玖深突然覺得嘴裡的冰淇淋不甜了。

爲了讓自己成爲萬能的作業小幫手，這些兄姊們也眞是拚了。

「零用錢分你一半。」堂姊試圖引誘。

「我有打工，分你錢買球鞋。」高中的表姊同樣拋出釣餌。

「我我我，給你錢去遊樂園。」聽見的堂哥也湊過來。

……

……

很想拒絕，但又覺得魚餌很誘惑。

玖深陷入慣性糾結，他正在存錢買一些小零件改裝東西，有、有點心動。

「平常作業至少自己做吧你們。」大表哥走過來，笑著揉揉玖深的腦袋，對著其他散發引誘光芒的弟弟妹妹們說：「寒暑假擺爛、小玖願意幫忙就算了，上學期間不可以佔用小玖時間，之前不是都說好了嗎。」

「噢……」

大表哥發話，一群本來想要見縫插針的人很失望地散開。

玖深雖然對那些雜七雜八的學習有興趣，但僅可以在寒暑假火燒屁股時找他，這是這些年下來大家共有的默契。

「下次要好好拒絕，平常日不可以。」大表哥在旁邊空位坐下，溫和地說道：「喜歡學東西是好，可以收他們的筆記，但作業那些不可以一直給他們方便，那是他們自己要負責的事，不能讓他們養成習慣。」

「好。」玖深點點頭。

大表哥又交代了幾句，便起身去招呼他同學及看著其他年紀更小的弟弟妹妹們。

等到吃完，下一站是炮仔店。

□

嘻嘻……

玖深回過頭，看見小小孩藏在門後，探著小腦袋望著他們。

因鄉下空地多，老家這邊每年返鄉過中秋時除了月餅和晚上的烤肉外，大家還會買很多小煙火回去放。

現在吃完冰，一行人慣例正在炮仔店買煙花，大大小小挑挑揀揀，一片熱鬧。

中秋也不只他們會放煙火，鄰里不少小孩都會玩，智障點的還拿沖天炮互射，最後被家長痛揍。

看過堂哥他們拿沖天炮去炸水溝、把別人家小孩弄得一身泥和屎之後，玖深認真覺得這種東西在陰險的小孩手裡簡直是十大凶器之一。

挑了幾個地面炮仔後便乖乖站在外面等，順便幫忙看顧那些小的，避免小小孩趁大家不注意時亂跑。

顧著顧著，就多了一個。

「？」玖深看著與自己對上視線的陌生小孩，接著左右張望了一會兒，確認沒有看見除了他們以外的客人，但老闆夫婦的小孩都已經大學了……走失兒童？

蹲下來向小小孩招招手，看上去四、五歲左右的小孩小跑步靠過來，揹著手、眨著黑亮的眼睛，白皙可愛的模樣相當討喜。

「你爸媽呢？」玖深沒在小孩身上看見可以證明身分的東西，只能試圖詢問姓名，結果小孩只知道自己叫牛奶，不知道本名，他無奈地順手塞了一塊牛奶糖給對方。

小孩亂七八糟比劃了一堆線條後，對於父母去哪了，回答了令人匪夷所思的答案：「飛走了。」

「……？」玖深只能把人抱到櫃台去詢問老闆，然而老闆夫妻也沒見過這個小孩。

「會不會和我們一樣是回鄉過節？」堂姊們提出意見。

「不然帶去派出所？」堂哥們人手一袋小煙火，手癢戳著小孩臉。

最小的堂妹看見大家竟然玩起外來的小孩，不甘心地伸出手咿啊咿啊地吹口水，試圖把哥哥姊姊們的注意力喚回來。

「你住在這附近嗎？」大表哥看著外來小孩，總覺得這孩子看人的眼神有點怪，雖然確實是天真無邪的模樣，但好像沒把他們這些人放在眼裡，只抱在玖深脖子上不想理其他人。

果然，小孩用一種好像沒聽懂的目光回望大表哥，下秒就轉頭嘻嘻哈哈地纏著玖深不放。

「誒，不然我帶他去派出所，你們先去學校那邊玩吧。」玖深把快要滑下去的小孩往上抱了抱，不得不說四、五歲的小孩對國中生來說還是有點重量。

大夥兒今天另外一個目的地是國小旁的大空地，先放一輪白天也可以玩的炮竹後再回家幫忙準備晚上烤肉的食材。然而空地和派出所方向完全相反，一來一往會耗掉很多時間，更別說大概還要在那邊陪小孩等父母。

玖深想了想便這麼建議：「派出所我很熟，你們不用擔心啦。」

雖然不想這麼講，但從小到大因爲某些悲傷的原因他還眞的和派出所很熟……

「不然我們陪你去？」大表哥的同學紛紛表示。

大表哥要顧十幾個大小孩子，跟來玩的同學們很有自覺地幫忙分擔責任。

「不用不用，這裡的路我很熟。」玖深搖頭婉拒，覺得自己就可以。「你們先去玩吧，如果有事情我會打家裡電話告訴大人。」

說話間，小名叫作牛奶的小小孩已經主動從玖深身上爬下，白白胖胖的小手抓住他的衣角晃了晃，咧開笑容。

「好喔那你小心。」大表哥想了想，這邊走去派出所不算太遠，而且街坊鄰居都認識，中秋節路上也熱鬧得要命，沿路很多認識的小孩可以互助，大家平時四處亂跑，沒什麼特別危險的地方，確實不須要太擔心。

「嗯嗯。」玖深牽好牛奶、提著一小袋炮仔，向還意猶未竟想多買點煙火的大家揮揮手，朝著派出所前進。

然而步行五分鐘後，小小孩開始不安分了。

一開始是天氣熱不太想走路，後來玖深帶著小孩去老雜貨店買了飲料和水，休息片刻後，牛奶又眼巴巴地看著店裡散裝販售的單顆月餅。

有點肉痛地用身上剩下的零用錢銅板幫小小孩買了一塊紅色包裝的綠豆椪，不忘囑咐：「吃的時候要配水喔，不要噎到。」

牛奶很開心地點點頭，不過沒有馬上吃，跟喝了一半的塑膠瓶飲料放在小袋子裡提著走。

沒多久，小孩停下腳步。

「這裡。」

拉著玖深的牛奶指著另外一頭，駐足不再往前走。

「嗯？你記起住在哪了嗎？」玖深一頓，有點狐疑地看著巷弄十字路口轉角的另一條小巷。不知道爲什麼，他總覺得這條小路有點陌生，明明從小到大和兄弟姊妹們在這地方亂跑了十多年，居然有沒來過的地方。

「這裡。」牛奶搖搖玖深的手，繼續指著小路。「奶奶在這裡。」

玖深沒想太多，這一帶確實住了很多老人，畢竟早期這片都是種田人，所以目前舊社區裡多半是不願意與子孫去外地居住的老人家。既然小孩記起回家的路，他當然就讓小朋友牽著他往小路裡面走。不過這條路眞的非常小，甚至可以說越走越狹窄了，他這副剛上國中還算單薄的身材，在經過某些地方時居然得要側身。

所以牛奶是鑽小路出來的？

想想也沒什麼，鄉下小孩從哪裡鑽出來都有可能，他小時候還被堂哥堂姊塞進人家後院的水溝縫摸貓窩，結果被抓狂的貓媽媽賞了好幾爪，當場送醫打針，沒少被大人訓話。

牛奶似乎眞的很熟悉小路，彎來拐去走了好幾個轉，最後停在一處很窄的後院小門前，生鏽的藍色小鐵門半敞著，一看就是偷跑出來沒有關好的模樣。

玖深跟著小孩有點困難地鑽進小門裡，這才發現不怎麼大的後院堆了滿滿的東西，大多是一些廢棄木頭和小家具等物，只留了一條很小的路給人通行，小鐵門也鏽得不太能動，花了一點力氣才把門重新關上落鎖。

「請問有人在家嗎？」玖深避開雜物，很有禮貌地停在後門前，大聲叫喊。

「奶奶在睡覺。」牛奶提著東西，很熟練地跳上矮台階，直接拉開後門走進去，還不忘招手，「哥哥進來。」

「……」玖深又喊了幾聲，真的沒人回應，他只好硬著頭皮提起鞋子跟著走後門。「打擾了，我進來了喔！」

後院門通連老舊廚房，裡頭還保有著灶台，不過打理得算乾淨，一應廚具擺放得整整齊齊，只有靠著灶邊的牆因長年烹煮而被燻黑、布滿油污。

走過廚房後是同樣陳舊的餐廳，圓桌上頭放置著網狀菜罩，裡頭只有一些麵筋罐頭與筷筒，屋內沒有開燈，顯得陰暗，不過大白天的窗戶多少透了些光，還不至於什麼都看不見。

跟著小孩走過餐廳與客廳之間的狹小雜物間時，玖深完全沒有心理準備，冷不防就看見只有一人大小的雜物間裡有具人體，發黑的臉和烏黑、帶有血絲的眼珠直接與他正面相對。

腦袋瞬間空白兩秒，反射性他整個人被嚇退了一大步，紮實地撞在門板上。

「@$%！#&＊$！——！」

抱住超痛的腦袋，玖深衝出了前廳，極度驚恐地撞在矮桌上，沒想到這家擺在大廳的桌子竟然是大理石材質，直接痛到他眼淚跟著飆出來。

經過大驚嚇和超級痛之後，他才後知後覺自己看見的是個老舊人體模特兒。

不知道該說這家很隨意還是缺德，把模特兒塞在每天都會經過的隔間夾縫裡——他們不會怕嗎！

至少玖深很怕，超級怕，抱著撞痛的腳都被嚇哭了，全身又痛又委屈地看著隱隱露出一點點鼻尖的模特兒，不知道該講什麼。

牛奶剛剛不知道跑去哪裡了，從角落裡又跑出來，有點疑惑地看著眼淚狂噴的大哥哥，沉默了兩秒，抬起小手拍在對方的屁股上。「不哭不哭，乖乖的。」

「……」沒想到被小小孩安慰了，玖深尷尬地抹臉，吸吸鼻子，往後貼了貼牆，小心翼翼地瞄一眼放置模特兒的地方。「你、你家還有沒有其他大人……」

「飛走了。」牛奶依然給了個很怪的答案，然後指向側邊的牆壁。

玖深跟著看過去，瞬間又倒吸口氣。

四張放大的人像黑白照不偏不倚正對著他。

「打、打打打、打……打、擾……擾了……」腦袋一空，只記得對著人家公媽的遺照發出一連串結巴的聲音。

雖然被黑白人頭嚇得快要失去理智，但玖深還是眼尖地看見下方木櫃上擺著好幾張彩色相片，並瞬間發現都是同一對夫妻的照片，有雙人有單人，有在遊樂園玩，有抱著狗狗在公園，看上去年紀很輕……啊啊啊啊啊啊啊！他根本不想看得那麼清楚啊啊啊啊！

不用腦袋想都知道在公媽照下面放這種照片是什麼意思。

難怪會一直說飛走了。

眞的飛走了啊啊啊啊啊啊啊！

玖深一個暈眩，差點被嚇得呼吸中止，靠著牆壁喘了好幾口氣後才稍微回過神。牛奶已經不知道跑哪去了，把他丟在一個有神明桌，還有一堆遺像的大廳裡面……

如果他有心臟病，現在都可以叫救護車了。

「哥哥快上來。」牛奶跑到雜物間旁，朝玖深招手。

說眞的，那裡有個發黑的模特兒，玖深實在很不想過去，但牛奶招完手後又笑嘻嘻地從後面樓梯跑上去了，他只能硬著頭皮，摀著劇烈蹦跳的胸口，背脊貼著牆一步一步往那個方向走去，心中不斷狂唸阿彌陀佛。

好不容易終於越過模特兒踏上階梯、稍微鬆了口氣，才剛走幾階，身後突然傳出聲響。

玖深下意識回頭一看，那個模特兒竟然半倒下來，肩膀以上的部位恰恰好探出來，因爲動作，那顆頭髮糾結的腦袋隱隱側偏，乍看之下彷彿是對向他這邊的意味。

「@$#%＊&！」玖深二話不說衝上樓梯。

如果可以，他想在二樓跳窗，直接沿著外牆爬下去都比經過客廳好！

接著，他對上更多模特兒。

「……」

如果不是反射性抓住樓梯扶手，他大概會瞬間滾下樓梯，而不是如現在腿軟跪在階梯上。

僅存的意識開始反省自己有沒有做過什麼虧心事。

「哥哥？」牛奶從二樓轉角處探出小腦袋。

「在、在……」玖深抹了眼淚，戰戰兢兢地回答：「沒、沒、沒……沒、事……」

藉著走廊窗戶透出的光，他可以辨識這些應該是服裝店使用的展示模特兒，五、六具排成一排擺成不同姿勢，可能放置了一段很長的時間，舊化發黃得很嚴重，有一、兩具被布塊蓋住，然而在陰暗環境下猛地一見很嚇人。

模特兒旁邊還立著一些可移動掛衣架，明顯證實屋主或住在這裡的人以前曾經營過服飾類生意。

勉勉強強用碎成渣的理智解釋這些物件的用途，玖深全身發抖地爬上樓梯，扶著牆壁彎身走過那一排模特兒，不知是不是極度驚嚇造成的錯覺，他一直感覺那些模特兒的視線尖銳地刺痛自己的後腦殼，所以一通過雷區後馬上用最快速度衝向走廊盡頭的房間、也就是牛奶朝他招手的終點。

牛奶歪頭看著又開始爆哭的大哥哥，露出不太理解的表情。

「奶、奶奶呢……」玖深還記得小孩說過屋裡有大人，邊問的同時邊看見房門後的床鋪上，隱約有人躺在上頭，被子覆蓋其上，看不出模樣。

「奶奶一直在睡覺。」牛奶推開門，把玖深牽進房內。

一股陳年霉味迎面撲來，玖深嗆了一口瘋狂咳嗽，猛地發現不太對勁。

下午氣候悶熱，房裡電扇沒開、也沒開窗，老人家蓋著棉被就算了，竟然沒怎麼聽見呼吸聲。

顧不得恐懼，他連忙爬上床鋪把棉被揭開一半，看見的是面色發青的老人，呼吸已經非常微弱，胸口幾乎沒有起伏。

快速掀被開窗，周邊桌子和櫃子都沒有電話類的擺設，他衝出房間後無視那些腦袋全轉向對著房間的模特兒，三步併作兩步跳下樓梯，越過扭頭的雜物間模特兒，奔向記憶中放有家用電話的大廳，匆忙撥打一一九交代事情後，翻了幾個抽屜櫃，看見老人家慢性病的藥物，趕緊又衝回房間進行急救。

緊張加上室內悶熱，玖深一下子全身汗濕。

幸好救護車來得很快，沒多久就聽見樓下傳來的聲響，醫護人員急急趕上樓，幾個人也被站姿整齊劃一的模特兒嚇了一大跳，但很快回過神接手老人家的後續急救，並把老人轉移到救護車上。

倉促間，玖深被當成家屬一併丟上救護車，出門時他下意識抓著找到的藥物和健保卡，剛好遞給救護人員們判斷症狀。

然後，他就這樣一路跟去醫院了。

□

「小玖！」

玖深父母和大表哥、幾個叔伯接到消息時，還以為小孩出事，五、六個人塞了一部車，心急火燎地衝進醫院裡。

一看見孩子，父母連忙抓著人上下檢視，發現沒有受傷後才鬆了口氣。

「我沒事啦……」玖深在警察陪伴下，把老人家的事情告知父母。

透過住址和健保卡，警方很快聯繫上老人家的家屬，正好家屬中秋要回來探望老人，已經在附近了，接到消息直接轉向趕往醫院。

「幸虧小弟弟發現，不然老人家晚點送醫就來不及了。」警察從急診醫生那邊得知狀況，轉述給趕來的長輩們聽，「是獨居老人，大兒子夫妻死了十幾年了，小兒子一家在外地開自助餐，老人家在這裡住了幾十年了不願意搬離，小兒子逢年過節或是假日不忙時才有空回來，平常都是請鄰居幫忙照看，剛好今年中秋他們鄰居讓小孩們帶出國玩，所以沒有人發現老人家的異狀。」

那邊大人還在了解事情經過，這邊大表哥把玖深帶開，去旁邊走廊的飲料機買飲料。

「你喔，怎麼跑去那種地方。」大表哥摸摸表弟的腦袋，剛接到消息時也被嚇了一大跳，大家都沒心情玩了，連忙趕回家，直到醫院這邊確定沒事，其他兄弟姊妹收到報平安後才鬆了口氣。

玖深抱著礦泉水，腎上腺素退去後，腳有點軟，不過不妨礙他惦記另一件事。「牛奶還在家……」剛剛他也告訴警察了，但警察有點狐疑，據說救護人員衝進屋後只有看見他和老人家，並沒有小小孩，他很擔心牛奶又跑丟。

「誰？」大表哥有點困惑。

「……呃，我們買炮仔時遇到的小孩，本來要帶去派出所……」看著大表哥越來越疑惑的神色，玖深開始抖抖抖。

「買煙火那時，你說好像中暑了，自己先回家。」大表哥回答得非常自然。「很冷嗎？怎麼一直抖？」

「……」玖深覺得有點恐怖，不太想問了。

沒多久，老人家的家屬來了，是一對中年夫妻，帶著差不多也是國中生年紀的龍鳳雙胞胎，倉皇地跑去櫃台詢問，很快就被指引到警察那邊。

得知老人家穩定下來後，夫妻倆鬆了口氣，連忙不斷對玖深一行人道謝。

雙胞胎很好奇奶奶的救命恩人，拉著玖深去旁邊圍著看了一會兒後，把爸爸買的謝禮塞給玖深。「謝謝你救了奶奶，不然我們中秋節就不能團圓了。」

玖深有點受寵若驚，連忙把手上的禮物退回去。「沒、沒什麼……不用給我啦。」

「放心，不是什麼很貴的禮物，爸爸在路上商店買的，肯定都是普通伴手禮。」雙胞胎中的妹妹非常直爽地說出實話。

「……這樣喔。」玖深看著又被塞回來的盒子，嗯，逢年過節會出現的海苔。

雙胞胎哥哥咳了聲，用手肘推了一下妹妹。「總之，謝謝你救了奶奶，以後如果有人欺負你，你可以叫我，我們幫你打他。」

「這個不用。」想想最常驚嚇自己的好像是那些孽緣般的親戚，不方便家醜外揚的玖深連忙回道。

妹妹想了想，從口袋裡掏出自己的私藏，「這個給你壓壓驚，奶奶家樓上有點可怕。」

無言地看著女生遞給自己的進口草莓餅乾，玖深還是接受了對方的好意，然後發出劫後餘生的問題：「那個是……？」

「聽爸爸說伯父以前賣衣服，車禍之後，伯父和伯母沒有了，奶奶捨不得丟掉他們的東西，就一直放在家裡，還常常幫它們換衣服，說可以防小偷。」小時候也被那批人體模特兒嚇過很多次，雙胞胎哥哥可以理解妹妹給對方零食的行爲。「以前常常有人說奶奶家是鬼屋。」

說到鬼屋，玖深還眞的隱約有點印象。

很小的時候有聽過其他小孩說過某條巷內有個阿婆住在鬼屋，但他們從來沒有去過，因爲有點遠，大人不允許他們亂跑到那邊。

玖深下意識計算了阿婆家地址與炮仔店的距離，後知後覺地發現他與牛奶步行的時間是不可能走到阿婆家的，報案時一片混亂，之後又搭了救護車，所以他沒有意識到距離不對勁。

「……」還是不要去想了，好可怕。

心理建設了好一會兒後，玖深才再度抱持著希望開口詢問雙胞胎兄妹：「所以……奶奶家……有叫牛奶的小朋友嗎？」

「沒有哇。」妹妹搖頭。

「牛奶的話，我記得是奶奶的狗喔。」哥哥回答。

「……」還不如不要問。

玖深感覺窒息。

發昏之際，哥哥已去向大人借來皮夾，打開後翻出全家福照片遞給玖深：「牛奶是伯母養的狗，後來變成奶奶養，前幾年被小偷毒死了。」

「嗯嗯，結果小偷在樓上被一堆假人嚇到，滾下樓梯被警察抓了。」妹妹竊笑著說。

接過照片，玖深有一瞬沉默了。

小小張的全家福相片上，老人家抱著一條白狗。

某片記憶在混亂中復甦。

他當時搜尋房間裡有沒有電話時，看見床邊桌上立著幾張相片，是年輕夫妻與老人家，以及一張白狗的照片。

他買給牛奶的飲料和綠豆椪擺在白狗照片前。

「……」眼前一黑。

「小玖！」

「玖深！」

醫院又是一陣騷動。

□

後來晚上的烤肉趴還是照開。

在醫院暈眩、不過經醫生確定沒事的玖深被大人們拎回家。因爲雙胞胎的父母要顧長輩、無暇帶著他們，所以也跟著一起被玖深的父母帶回家。

空地上排了兩長條的桌子，一邊放置各式各樣的烤肉食材，一邊放置月餅柚子及各種看起來很好吃的點心菜餚，烤肉爐架了一大堆，大人小孩們吃著玩著，不時還穿插煙火或沖天炮等聲音。

熱鬧的氣氛讓萎靡了半天的玖深緩過神，跟著快樂起來。

遭到驚嚇的記憶就在歡樂的氛圍裡逐漸退去……眞的退去。

不知道爲什麼，這年中秋發生的事好像快速褪色的畫，急速從眾人記憶裡淡化。

隔年中秋大家再回老家團聚時，竟然已經沒有幾個人記得了，即使他們都認得雙胞胎一家，甚至邀請他們一起來中秋宴會。

上高中後，玖深這個當事人也不再記得曾發生過「牛奶」與「人形模特兒」的事件。

時至今日。

「玖深小弟～」

窩在實驗室裡的人猛地一抖，回過頭看見某法醫彷彿惡魔般悄然出現在門後。

「幹什麼！我今年中秋沒有要回老家！沒有要出去玩！沒有加班！」玖深馬上快速倒退，異常警戒地看著好像長了一條黑色尾巴的傢伙。

「嘖嘖，你媽媽叫你不要沉迷工作，有空要帶大家去你們老家玩啊。」嚴司很遺憾地看著快縮成一團的鑑識。

「不要入侵我媽！」到底為什麼他會有個家長群啊！是中老年之友嗎？

玖深想不通，這個可怕的人竟然還透過他媽認識了他家其他親戚，上回端午節老家寄了土產和粽子給他，扣除分給平常來往的幾人以外，赫然專程有一份是指名要給嚴司的，讓他看了很害怕。

該不會哪天回老家過節時，會突然看到這人也混在兄弟姊妹群裡面吧？

想想就很恐怖。

「還好啦，媽媽和嬸嬸都很可愛啊，她們有傳去離島玩的照片給我喔！下次可以找被圍毆的同學和老大他們一起去，大家來一次八度空間的奇幻冒險。」想想一行人好像很久沒有團體郊遊了，嚴司蠢蠢欲動。

「……」玖深怕爆。

「喔對了，我是來通知你老大家今天有烤肉，早點下班早點去玩。」嚴司覺得對方肯定專注在工作上沒有看到訊息，好心地幫忙帶話。

「咦？」玖深撈過手機，果然發現群組裡有虞因的邀約，大致是準備了很多食材，大家沒事可以來烤肉，全都是聿特別醃製。「去去去！」馬上決定等等直接下班，上次吃過聿調製的燒肉，超級美味。

看著渾身瞬間散發開心氣息的青年，嚴司再度覺得這孩子太嫩了，並且可以再玩兩把。

一隻手直接拽住正想作祟的某法醫後領，接著是較爲低沉的聲音：「不要玩玖深。」

玖深感受到解脫，然後感激地看向來者。

黎子泓鬆開手，覺得鑑識同伴對他展現的喜悅之情有點莫名。

「黎檢等等去烤肉嗎？」玖深快樂地遞去對方加急的報告，十分期待地望向可以鎮壓邪祟的存在。

「嗯。」同樣收到邀請的黎子泓點點頭，快速翻了幾下紙張，回道：「一起過去嗎？」

「好！」玖深秒答應。

「那待會見。」禮貌性地頷首，想快點結束手邊工作下班，黎子泓轉頭邁開步伐離開。

感覺自己好像被拋棄的嚴司立即纏上前室友。

看著魔鬼被帶走，玖深終於鬆了口氣。

低頭才發現好幾個群組都有未讀訊息。

中秋佳節，老家那邊依舊熱鬧，雖然近幾年很忙、不能經常回去，不過老媽都會帶月餅或宅配很多好吃的過來。

兄弟姊妹許多人也各自寄了東西給他，大多是他愛吃的各種食物及當令水果，讓他這幾天記得收包裹。

有些哥哥姊姊都結婚、有下一代了，加上大家這些年過得不錯，經濟解放、很捨得花，老家的烤肉派對內容更豐富熱鬧了。

去年堂弟還腦殘地請來電子花車大跳艷舞，被嬸嬸拿鞋子追著打出三條街，但長輩們好像看得很開心，他看到一堆長輩歡樂打卡的記錄。

點開未讀，看著家族群那邊很多人發了各式相片給他，還是一樣的糖廠，一樣的炮仔店，一樣對他很好的親戚家人們，還有空地上超多的桌子、美食與烤肉爐。

光這麼看著，就能感受到那些從小到大最喜歡的快樂氣氛。

或許下次，也可以帶大家一起回去玩。

感覺大家會很喜歡。

玖深彎起嘴唇。

過節嘛，開心最重要了。

〈中秋節〉完

# 聖誕奔走中

# 1.

「阿因，你今年聖誕夜打算要怎麼過？」

從欠教授的作業裡抬起頭，虞因面無表情地看著坐在前面的損友，他時常思考自己是不是哪裡做錯了，不然這傢伙爲什麼總是抓他耍智障。「跟棉被一起過，我今年絕對不會聽你的鬼話去聯誼過什麼三天兩夜銀色聖誕節。」雖然他也很喜歡活動，但這傢伙後來幾次找他的動機都很可疑啊！

阿關嘿嘿嘿地推開對方桌上的作業，然後抽出張聯誼包民宿的宣傳單，「兄弟，別這樣，你繼續拒絕聯誼，會被人家說你要出家還是有奇怪的癖好了喔，你沒看有些女生一天到晚看到你跟別的傢伙靠近一點就會發出怪怪的笑，快點拋棄一切跟作業，來進行正常的聯誼活動吧。」

虞因看著每次都不懷好意找他充人頭和花錢的垃圾朋友，用力把自己的作業抽回來，沒好氣地繼續拒絕，「才不要，最近寒流來冷死人，而且我缺堂太多，教授說如果我沒有在跨年前把作業交出來，他就要把我的成績和一〇一的煙火一起放掉，讓我明年再來重修。」

而且他完全不想再重覆一次去年悲劇性的銀色聖誕節。

去年這個時候，死阿關也是跑來找他聯誼，他想說跟去玩、女生又多很不錯，所以難得把小聿寄給嚴老大兩天，跑去山上過聖誕和看日出。

結果回報他的是，當大家在飄雪中看日出、發出驚歎聲時，他該死地在日出當下聽見鬼叫聲！

眞・鬼在叫。

有沒有去過個銀色聖誕節過到阿飄破雪而出的！不管還不行，一管管到山下屍體都出現了，還沒跨年就先倒楣，銀色聖誕節收到的第一份禮物就是阿飄報你找屍體，還附帶被凶手追——搞到一群女生深感敗興地用某種看麻煩的目光看他，之後當然是謝謝再聯絡。

虞因今年鐵了心哪裡都不去，一定要在被窩裡直接滾到跨年結束，誰知道去看煙火會不會看到阿飄被放出來，不幹了不幹了！到底爲什麼頻率會變這麼高！

還有不是過平安夜嗎，一點都不平安眞是！

阿關沉重地把手拍在友人的肩膀上，很認眞地開口：「朋友，作業不算什麼，好兄弟我找幾個人幫你弄一弄，今天就可以做完了咩，快點拋棄你無謂的堅持，乖乖在上面簽下你的大名，然後交一千六一起分攤民宿錢和美眉們的晚餐錢吧。」

「哼哼哼……我甘願做給他死也不要寫上去。」

瞄到傳單上還是寫著「銀色聖誕節&日出」，虞因打死都不要再來一次去年的慘劇。要知道本來就已經交不到女朋友了，連續幾次下來大家都快把獵奇的標籤貼到他身上了好嗎！他還要不要名聲的！

「別掙扎了，快給我蓋上去——」

「滾滾滾滾滾！」

當阿方踏進吵鬧的教室裡時，看見的就是這樣令人匪夷所思的畫面。

整群女同學在旁邊圍成一圈竊竊私語看好戲，然後被看好戲的虞因和阿關已扭打在一起，臉都被推到變形的阿關抓住虞因的手和綁綁的某張紙，貌似要蓋手印還什麼的，一隻腳還踩在對方腳上，形成微妙的畫面。

他想了下，有點爲難，不知該不該打斷僵持中的詭異糾纏。

「呦，難得看到你來我們班。」早一步注意到門口人的李臨玥揚起手打了招呼，「找阿因？」

「……對，一太要我跟他講件事，他們在幹什麼？」其實比較想知道旁邊女同學在詭笑什麼，不過阿方下意識覺得還是不要問對自己比較安全。

「就跟你看到的一樣，一個在捍衛錢包安全，一個在強逼良家少男出場。」李臨玥聳聳肩，順便附註說明：「旁邊的女同學打算拍下精采畫面，上傳和大家分享。」

「……」阿方咳了聲，直接打斷兩個還扭在一起互毆的同學們：「阿因，出來一下。」見有人找，虞因直接給阿關來記被虞夏訓練已久的側摔，趁損友還沒爬起來再接再厲之際，馬上收拾了背包，拖著阿方逃逸。

「聯誼有什麼好躲啊。」被拖到外面的阿方有點好笑地看著虞因，他記得對方以前也很愛玩，不過後來收斂很多，不然以前唱歌夜遊都有他一份。

虞因白了對方一眼，「我在存錢啦。」而且他早決定不要像以前一樣玩那麼凶了，當然比較大的原因還是陳關這個辣雞朋友的業障太多。「你找我有事？」

他抓抓頭，先前和阿方其實也沒有多熱絡，反而是後來和小海比較熟稔。

「喔，其實是一太叫我來的。」把玩著剛剛揹在後頭的籃球，順路幫人帶消息的阿方說道：「他說你等等要回家的時候啊，出校門有人跟你推銷東西你最好買一個。」

「啥？」虞因愣了愣。

「我也不知道，他就這樣說啊，還說什麼是直覺，相不相信就隨便你啊，搞不好出校門也沒什麼東西……我們學校外面不是都禁止推銷嗎。」反正阿方也不知道是什麼意思，只要按照友人的話確實帶到意思就好。

虞因哀怨地看著對方，「你覺得我會不信嗎，如果外面來一個推銷靈骨塔還是死後契約的怎麼辦啊！」

阿方想了兩秒，比了記拇指。「ＯＫ的，說不定會用到，早買早準備。」

有那麼一秒很想掐人的虞因忍住自己的手，誰知道掐下去小海會不會跳出來跟他拚了。

「我開玩笑的。」阿方爽朗一笑，說道：「一太有交代，不會花很多錢，而且搞不好你弟也滿喜歡的。」

「我弟……」

「你弟好像在外面等了有段時間，我們剛剛打球時看到他在飲料店晃，順便跟你講。」

阿方當時有問要不要幫他喊虞因，但是對方拒絕了，也沒有主動聯絡。

虞因連忙拿出手機，確定完全沒人打電話來之後，有點疑惑，雖然聿三不五時就會來找他一起回去，可是大部分都會提前打電話通知。

「那我先走了喔。」把話帶到的阿方揮揮手，打算繼續下一場約好的球賽。天冷時候運動是最好的，一打起來連寒流來都沒什麼感覺。

虞因也揮了手，然後轉向不同方向。

所以說有時候真的不能不相信一太說的話。

原本打算出校門先打個電話給小聿問他在哪邊，結果才剛踏出鐵門的軌道，就聽見有人來推銷了——

「大哥哥要買一個薑餅屋嗎？」

虞因低下頭，看到兩、三個提著籃子的小孩子，大概十歲上下，不知道哪裡來的，這個時間小朋友應該還在上課吧。

兩個小女生加一個小男生的組合，穿著便服的身上別著學校名牌，對他露出大大的笑臉，「我們在賣薑餅屋，明天平安夜要幫附近獨居的爺爺奶奶們煮火鍋當聖誕禮物，所以今天大家一起賣薑餅屋，薑餅屋都是自己做的喔。」

他看見女孩抬高手，提著透明盒子包裝的小薑餅屋，跟外面店家販售的精緻度有差，看起來的確是小朋友做的，部分糖霜漏了出來，但還是很可愛。

「一個一百元就好。」另外一個米色針織帽子的女孩子很認真地說：「很便宜，可以送女朋友。」

最近的小孩真是越來越早熟了啊……

虞因默了兩秒，從後面口袋摸出皮夾，掏出五百元大鈔：「那就四個好了。」他和小聿加上大爸、二爸，不知道能不能吃就是了。不過這種餅乾應該都是用廠商提供的半成品製作，如果小孩沒有額外添加奇怪東西，照理來說吃不死人。

剛剛叫他送女朋友的小女孩仰起臉，「大人要乾脆一點，買五個吧，五個不用找錢。」

「大人很窮的，我也要混口飯吃啊。」居然還跟他討價還價！

女孩想了下，然後蹲下來，從自己的小背包裡翻出一大包薑餅人，「買五個吧，還附送薑餅小人，裡面有十個，是媽媽今天買給我的，買五送十，買到你賺到，而且還是做好事。」

「……那就五個吧。」虞因也不知道自己應該做什麼反應了，總之他覺得這個女孩以後肯定很會賣東西，於是就把鈔票遞給他們。

幾個小朋友顯然對於一次可以賣出那麼多個感到很高興，米色帽子的小女生小心翼翼地收好錢，說了好幾次謝謝。

「還有感謝狀。」女孩抽出一小張卡片遞給他，「老師說可以送給買很多的人。」

虞因掃過上頭簡單的文字，大致上是某國小三年幾班，謝謝幫忙買薑餅屋之類的，「謝謝啦。」

幾個小孩離開後，虞因看著一堆小薑餅屋，無言地全部塞進包包裡，那是大概巴掌大小的款式，外面買應該比較便宜，算了。

總比買靈骨塔好。

目送小孩走遠，虞因才打電話給聿，發現對方果然就在附近常常去吃的甜點屋裡，便直接牽機車過去了。

到約定處後，除了看到聿，他還看到個意外的人，而且兩人說起來應該不會湊在一起才對。

「阿因。」一看到他，坐在聿旁邊的小海馬上揮手，「這邊這邊。」

「妳怎麼會在這裡啊？」虞因有點訝異但還是走過去，「找阿方的話應該要進學校啊，他好像還要打球。」

「老娘又不是來找我阿兄的。」小海嘖了聲，「老娘今天去你家時，條杯杯說啥要去查殺人案，結果你家只有小聿在，害老娘白跑一趟，又沒事幹只好出來逛，剛好小聿說要來找你，老娘就順便把他帶過來了。」

沒事幹就應該去睡覺啊。

虞因看著據說是上晚班的女孩子，摸著鼻子在旁邊坐下，「謝謝喔。」

「免客氣，等等飲料你付錢就好。」小海蹺著腳，虞因這才發現她居然還是穿著小短褲和大腿襪，這打扮四季沒怎麼變過，也不知道會不會冷。

「對了，大爸去跑什麼案子啊？」看向旁邊悶頭挖布丁冰淇淋的聿，虞因整個冷起來。

聿刮了兩下冰淇淋，然後拿出手機。

「老娘說比較快啦，反正就是早上收到街口有人爭執被打破頭啦，一個死翹翹了，條杯杯二號沒時間過去，其他人也沒時間，條杯杯就說他要過去啦。」小海聳聳肩，難得她好不容易問出來虞佟今天放假的，結果又沒了。

「打破頭？」虞因想了下，好像沒有看到這條新聞。

「嗯，還不就是最近的小孩，玩電動玩到缺錢，結果路上搶劫，被搶的反抗就被追打，打到頭破血流，衝到旁邊店家想躲，那些死小孩居然還追進去打爛人家的店，不過在打的時候有個白痴小孩自己滑倒撞到被他們打壞的櫥窗碎玻璃，就這樣失血過多死在外面騎樓了。」小海不以為然，無所謂地說著：「自作自受。」

所以看起來不是什麼大案子嘛，大爸應該只是去支援帶隊而已。

虞因支著下頷，也沒覺得怎樣。

「反正老娘已經把小的送過來啦，那就先這樣，老娘要去別的地方了。」小海站起身，從旁邊拿出手提袋遞給虞因，「剛剛在路上買的，這是要給條杯杯的，老娘明天跟後天店裡會超級忙，該死的平安夜跟聖誕節，老娘想要找條杯杯一起過都沒辦法，放閃光的幹嘛不去其他地方放啊……」

看著不斷抱怨的小海離開店家後，虞因才打開手提袋，裡面裝著一盒聖誕節巧克力，還綁著聖誕老人和馴鹿的小娃娃。

他都可以想到自己老子的苦笑了。

坐在一邊的聿繼續挖他的冰淇淋。

「你居然在這種天氣點冰的。」看他挖出來吃進去，虞因又抖了抖。

紫色的眼睛眨了兩下，然後重複挖冰給他看。

「大爸的案子不知道處理得怎樣了，晚上偷看一下好了。對了剛剛買了一堆薑餅屋，分你一個。」從背包裡翻出剛剛被推銷的房子小餅乾，虞因推給對面的人。

拿起薑餅屋，聿小心翼翼地轉了兩圈，收進自己的包包裡面。

「是說既然聖誕節是假日，明天乾脆去買樹幹蛋糕好了。」

一聽到有蛋糕，聿馬上點頭，而且還從包包內拿出很多傳單，非常期待地看著要掏錢的金主。這幾年不管什麼節日都有無限商機，聖誕節賣的糕餅點心非常多，街道應景氣氛也越來越重，而且這次剛好遇上假日，活動比往年多很多。

虞因看著那堆傳單，完全可以感受到對方有多急切。

「……我看乾脆等等去買好了，明天再去買不同口味。」

□

「老大。」

虞夏停下腳步，一臉陰沉地看著由後追過來的某法醫。

「嘖嘖，老大，好歹今天是平安夜的前一天，都快要聖誕節了，你不要裝萬聖節的恐怖臉給我看。」嚴司帥氣地甩了頭，露出種很欠揍的臉。

「你是吃飽太閒沒事幹嗎，還有把你的帽子給我拿下來！」看著對方頭上那頂突兀的大紅色聖誕帽，虞夏越看越刺眼。

「說真的，我還有麋鹿角帽，剛剛本來想送我前室友，結果被他趕出來。」嚴司有點哀傷地從後面拿出長角的聖誕帽，「你看看，多有氣氛啊，人生在世就是要遇節輕鬆，何必推拒呢，虧我還在那邊找半天才找到適合他的帽子。」

冷眼看著那頂有角的大紅帽子，虞夏只想揮一拳過去。

「不過算了，這都不重要。」嚴司把聖誕帽拿下來，揉一揉放到口袋裡，然後把有角的戴上去，「重點是，我今天下午開始連休五天，下禮拜回來嘿嘿嘿嘿。」他可是好不容易才騙到學弟跟他換時間，現在他要快快樂樂地去過美好的聖誕假期啦。

「那是下午的事情，現在才中午，我哥那邊的呢？」虞夏為了忍住不去拔那兩根鹿角，只好轉移話題。

「喔，那些搶劫的小笨蛋啊，反正就是意外，那麼多目擊證人啊，受害者沒有碰到他們，老闆和路人也沒有，收屍就是他家自己的事了。」剛剛遞完報告便沒事情了，嚴司現在心情愉快，只等放假，「啊，不過在跟玖深小弟聊天時，有講說受害人的金子不見，他本來今天要去存放的，結果被搶劫，一團混亂之後就消失了，佟他們大概還在幫忙找吧我想，聽說價值十幾萬。」

「十幾萬喔……」虞夏環著手，如果沒有特別的事，虞佟他們大概還會再幫忙找一下吧，然後就交給轄區員警再看看了。

「對了，老大你今天怎麼在啊？」看對方的樣子不像剛回來，好像也沒打算出去，嚴司有點好奇，他還以為虞夏最喜歡待在外面。

「在等一個移送過來的嫌犯，等等就會到了。」上午處理積欠很久的公文和報告，虞夏剛要出去買個午餐。

「唉唉，眞忙，不知道有沒有機會大家一起放個假過聖誕啊，自己一個人爽五天連假好像有點不道德。」雖然這樣說，嚴司還是晃著鹿角開始金勾杯地哼起來。

「給我閉嘴。」不能放假時最可惡的就是有人放假，這跟中秋節去抓犯人結果犯人身上都是烤肉香一樣的意思。虞夏瞪了眼閒過頭的長角某法醫，很想一腳踹下去。

「對了，我有訂巨大薑餅屋蛋糕喔，明天放假去找你家小孩玩。」嚴司獻寶地抽出張傳單，上面寫著期間限定特製薑餅屋蛋糕，讓你在家裡也可以感受到銀色聖誕節帶來的柔軟。

「你要不要乾脆連火雞都自備了。」虞夏沒好氣地罵了一句。

「老大您眞內行，我也訂了火雞，還有樹幹蛋糕和葡萄酒，不用太感謝我，記得明天要回家吃晚餐啊。」抱著獨樂樂不如眾樂樂的心態，嚴司很歡愉地說道。

「……」虞夏無言了。

「對了你應該不介意我找前室友一起去吧？平安夜熱鬧一點比較好，雖然大家有可能是阿彌陀佛的啦，不過有個藉口可以吃好吃的東西也不錯。」主張要好好享受的嚴司看著屋主之一，然後拍拍對方的肩膀，快樂規劃完。「所以就這樣啦，晚餐我都自備好了，乾脆明天再來玩交換聖誕節禮物吧。」他離開學校之後就沒玩過了，有點懷念。

「你自己去玩。」根本不想交換什麼鬼禮物的虞夏回過神，直接朝擅自拿他家開宴會的傢伙揮了一拳，「還有那是我家，你也去得太自在了吧！」還把晚餐都準備好了咧！該不會連聖誕樹也種下去了吧可惡！

「好說好說，你家就是我家咩。」嚴司很得意地笑，「過年就來我家煮火鍋，剛好扯平。」

「你根本是想要我哥去免費煮晚餐吧你！」

# 2.

「夏。」

傍晚時分，剛處理完移送犯人的虞夏咬著餅乾條，一轉頭就看見自己的雙生兄弟走過來，衣服上還沾了一些黑灰。

「你們有找到了嗎？」呑掉餅乾，虞夏把盒子遞給對方。

虞佟搖搖頭，「沒有，店家很配合地一個個打開給我們找，不過什麼也沒找到，眞奇怪。」因爲受害者千求萬求而且還打電話給大隊長，所以他們幾個留在現場的人找到現在才回來。

「受害者呢？不是說傷勢也不輕嗎。」虞夏挑起眉。

還打電話給大隊長，他最討厭的就是這種靠關係用公共資源的傢伙。

「堅持要找到才離開，所以只好在現場幫他做簡單的包紮。」拉著脖子上的圍巾，虞佟順勢搓了下手，「這兩天好冷，明後天應該會更冷吧，冷氣團來了。」

「會嗎？還好吧。」虞夏倒是沒覺得有多冷。

「你……出去時最好給我加外套。」白了眼只穿件單薄長袖的兄弟，虞佟沒好氣地開口：「外面非、常、地、冷。」尤其最近氣溫下降快，一個不小心很容易誘發心血管疾病，雖然他懷疑自家兄弟根本不會有那種問題。

「有啦有啦，我有外套啦。」見對方又要唸起來，虞夏連忙說道。

「什麼？你是說你早上騎摩托車來的時候穿的那件夏天用的防風外套嗎？那件是外套嗎！還有早上不是說好開車嗎，你……」

「我突然想起來要去找阿柳，對了，明天晚上阿司要來我們家吃飯，飯他都自備了，先這樣。」

看著落荒而逃的兄弟，虞佟無奈地搖頭，反正怎樣講都不聽，等到對方感冒就知道了，到時候就強迫他喝薑湯喝中藥順便逼他放連假當處罰。

「好冷喔好冷喔——」

虞佟一轉頭，就看見穿得厚厚還在發抖的玖深從外面走進來，因爲太冷了臉色有點白，「冷死人了，才剛吃完湯圓冷氣團就來。」

「冬至之後就會開始冷啊。」虞佟有點好笑地看著連暖暖包都拿出來搓的友人，和剛剛的虞夏眞是兩個反差。雖然他也覺得變冷了，但倒沒有玖深這麼誇張，在現場時也是，厚外套加口罩，裡面還塞暖暖包。

「會一直冷到除夕。」吸了一下鼻水，玖深苦著張臉，總覺得今年似乎特別冷。「果然還是室內比較好啊，真不想出外場。」

「別抱怨了，我今天本來還放假。」也是臨時跑回來的虞佟笑了笑，「明天下班過來我家吃晚餐？夏剛剛說阿司明天會來，而且還自己準備好晚餐了。」根據他們對某法醫的了解，會挑這種節日來，就會搞得很豐富，這樣算起來應該再多弄些沙拉和飲料水果就行了。

原本打算明天煮火鍋的虞佟有點慶幸今天被叫回來、沒去採買食物，不然有些食材不新鮮吃就浪費了。

「喔喔喔！好啊！明天我放假。」聽到有聖誕大餐的玖深馬上眼睛發亮，雖然嚴司這人不怎麼樣，但是他對食物的要求真的很高，跟著抱大腿一定可以吃到美食。「那我下午過去幫忙布置場地？」

哪來的場地？

虞佟默了片刻，「呃，過來吃飯就好了。」

「難得要做聖誕大餐，好像還是有氣氛比較好。」第一次被邀請去這種私人聖誕餐會的玖深開始期待了，「要交換禮物嗎？以前學校聖誕節時還有交換禮物，真讓人懷念啊。」年輕時候過什麼都比較有感覺，現在想想也已經很久以前了。

「也好，那我回去再跟阿因他們說吧。」記得今年自己大兒子好像有宣告過哪裡也不去，虞佟稍微思考，想著不然就讓他們去玩吧，偶爾熱鬧一下也不是什麼壞事，畢竟大家工作壓力不小，難得有機會可以紓壓。

「好。對了，今天那個受害人啊，不知道為什麼我覺得有點怪。」把話題轉回正事，玖深提出自己覺得不太對勁的地方。

「怪？」

「嗯……他說被追打到店裡面，怕金子被搶所以找地方塞進去。」玖深抱著身體，想了下，「一般會在歹徒面前把幾十萬的金子隨便亂丟嗎，何況是完全陌生的店，這種狀況很少見，大多是都保護在自己身上。而且我們問他金子特徵時，他也講得吞吞吐吐的，只說就是個金的小鹿。」

「我也注意到了，的確有點不自然。」虞佟想了下，「他慌張到太不自然。」

這件案子是這樣的。受害者是名約三十歲左右的青年，父親是立委，他也沒有特別的工作，一直在立委身邊作為助理幫忙。

據受害者自己的描述，今天早上他想拿金子去銀行保險箱存放時，大概是一出門就被附近的青少年盯上了，在路口被搶劫，他抵死不讓對方搶走，沒想到那些小孩怎樣都不放過他，一路追打到附近店家內，他情急之下把金子隨便往旁邊的箱子裡塞，之後那些小孩砸破店家門窗，帶頭的那個走出去要驅散周邊路人，結果踩到東西摔倒，直接摔在突出的碎玻璃上，當場割斷頸動脈，失血過多死亡。

看到鬧出人命，青少年們一哄而散，警方根據監視器，已經鎖定幾個人，應該很快就可以拘提到案。

「所以要不要再個別調查看看？」也說不出來那股感覺，玖深就是覺得很怪。

「也好，等人到案之後，再重新問一次。」虞佟其實同樣感覺到了不對勁，也是做如此打算。

「那我先去忙了。」

□

當天晚上，虞因和聿兩人嗑掉了一條樹幹蛋糕。

還有好幾樣傳單上的小糕點。

「奇怪，大爸二爸今天怎麼這麼晚？」看著客廳時針已經指向了十二點的位置，虞因剛從浴室出來，邊擦頭髮邊走進客廳。

窩在沙發上看影集的聿瞄了他一眼，又把全部注意力放回電視上。

「也沒打電話。」看了眼毫無動靜的手機，虞因本來想撥去問看看，不過想想還是算了，反正也不是第一次，大概臨時有工作要處理吧，犯罪二十四小時不打烊也沒辦法。之前除夕還常常在局裡吃火鍋咧，不知道今年是不是也要去那邊開鍋。

把桌上東西稍微整理乾淨，虞因打了個哈欠，「那我先去睡了，小聿你不要看太晚，這片看完就給我去睡覺，不然每次二爸都拿我開刀。」

其實要開刀應該去開某法醫才對，把片子借給聿的又不是他，誰知道對方家片子那麼多，都幾個月了還沒看完，而且每次去竟然會出現新的，害他被大爸、二爸唸個不停，說什麼在家多少要照顧小的，不要讓小聿每天看電視看到天亮之類云云……

窩在沙發還捲了條毯子的聿點點頭，很隨意地揮揮手，視線根本沒轉開過。

「說話不算話明天就會沒蛋糕。」這句話果然讓聿把臉轉過來，那張面無表情的臉出現一絲僵硬，虞因奸笑地告訴對方：「而且要給你的聖誕禮物也扣押。」他很早就逮到這傢伙的死穴，屢試不爽。

果然才說完，聿就不甘不願地點頭。

通常這樣他就會遵守，虞因順手揉了揉對方的腦袋，「早點睡喔。」現在聿好像營養比較充足了，開始長高長壯，希望不要變得比自己高就好，真懷念之前瘦瘦小小隻的樣子。

聿拍掉他的手，悶著臉又轉回影集。

最近好像也變得比較不乖了……雖然有十八歲沒錯，不過虞因突然有種好像遇到小孩叛逆期的感覺。

有點滄桑感……

哀傷地走上樓回房，虞因正要打開門時，聽見了從自己房間傳來的細小聲音。

那是某種很像有東西被拖動的聲音。

小偷？

不對啊，之前他家被砸之後，大爸就在外面裝保全了，小偷進來應該會有聲音。

虞因皺起眉，正想開門進去，突然注意到房裡只有那種聲響，卻沒有人在動的聲音。

……

………

不去看日出也有事嗎！

抱著頭蹲在房門口，虞因整個悲傷。

就在掙扎要不要進去之際，他聽見拖動聲停了，取而代之的是低低的咳嗽聲從房間裡面傳來，不是年輕人的聲響，是屬於比較蒼老的聲音。

大概兩、三聲之後，就停了。

虞因慢慢推開自己的房門、打開電燈，房間裡什麼都沒有，怪影子、奇怪的腳印也沒看到，剛剛發出的聲音全都消失了。

「奇怪，這幾天應該沒有靠近什麼命案現場還是奇怪的地方吧……」快速思考近幾日的足跡，虞因有點疑惑，最近這禮拜他只有在學校跟家裡，因爲前陣子假請太多要補作業或期末作品，頂多跟小聿去吃甜點而已，就沒有去其他地方了，商店或學校這一帶應該不會有阿飄才對。

而且剛剛的聲音只有短暫數秒，也與之前遇到的不太一樣，沒有留什麼腳印手印血印之類，不知道要幹什麼。

打開窗戶，黑色的街道上沒有異狀。

難道只是來他家好玩的嗎？

搞不清楚是要幹什麼的，虞因倒回床上，想了半晌還是沒有頭緒，乾脆把燈關了睡覺。

明天還有很多事情咧……

□

第二天一大早，聿拿著書本下樓，看見已經有人在客廳了。

帶著疑惑走過去，他愣了兩秒，沒想到會看見常常最晚起的虞因坐在客廳裡，桌上還有豆漿跟蛋餅，明顯是這人大清早去買回來的。

揉揉眼睛，聿看了下手錶，確定還不到七點。

「不用看了啦……過來吃早餐。」頂著黑眼圈的虞因打了個哈欠，哀怨地叫人過來，「還有大爸二爸打電話回來說昨天漏夜在偵訊，等等才會回來。」

走到自己的固定位子，聿歪著頭打量虞因的模樣，看起來好像沒睡好，臉色也很差。

「昨天失眠。」虞因又打了個哈欠。

他要撤回昨晚的話，那個阿飄根本是衝著他來的，熄燈之後只要一閉上眼睛就聽到咳嗽聲，一張開眼睛就沒有，硬是要無視給他睡下去，稍微入眠一點就聽到拖東西的聲音，結果再睜眼又沒有。

難道他最近有得罪什麼阿飄嗎！

整個晚上就這樣一直睡睡醒醒睡醒醒，根本沒有休息好的虞因累到不行，五點不到就起床了，拖著疲憊的身體出去跑一圈順便買早餐。

聿皺起眉，指著堆在電視旁邊的影集。

「我才沒有熬夜偷看你的片子！鬼才看得懂你那種沒字幕的！」居然懷疑他偷看片不睡覺，虞因直接按住對方的頭轉拳頭，「難道你沒事就在熬夜偷看片子嗎！你騙我幾次要早睡覺沒去睡的？快點給我招來！」

「才沒有……」聿連忙躲開拳頭。

「一定有，快點說。」

「沒有。」

虞因鬆開手，很沒力地坐到旁邊，「算了，不跟你玩了，累死人了。」按按脹痛的脖子跟額頭，他其實很想上去補眠睡覺，可是一閉上眼就是那種咳嗽聲，完全睡不著。

看對方樣子好像真的很累，聿就乖乖地去打開電視，然後吃早餐了。

在沙發上直接小瞇一會兒，不知道是不是因爲沒在房間還是聿在旁邊，總之虞因沒聽到那個聲音了，結果睡醒之後就看見看影集的人從一個變成兩個。

而客廳的時鐘指針也從不到七點變成了一點。

「阿因醒了。」

和聿排排坐在電視前面的玖深注意到後方動靜，推了推身旁看得很入迷的聿。

「玖深哥？」虞因打了個哈欠，用力伸了伸四肢才爬起來，發現身上還有自己房間裡的棉被。

「哈囉，打擾了，我是來布置的，佟說晚上有聖誕夜晚餐，所以我早一點來幫忙準備，可是剛剛來看你在睡覺就和小聿先看電視。」玖深指著桌上的保溫餐盒，「我們都吃過午餐了喔，棉被是我幫你拿下來的，應該沒關係吧。」

虞因看了一眼棉被，想想還是不要告訴對方他房間裡現在有不科學的東西比較好，不然玖深應該會撞破他家的門衝出去。

「大爸早上電話中有講晚餐的事，可是你要布置啥？」睡了一覺之後精神好很多，虞因接過半涼的餐盒。

「聖誕樹啊，我向朋友借來好大一棵聖誕樹，而且他把星星跟那些燈都借我了，現在弄一弄晚上要交換禮物剛好。」玖深指著外面，剛剛他一進來就看到虞因在睡覺，所以沒搬進來弄。

「幾個單身男人冬天晚上在聖誕樹旁邊玩交換禮物……」默默感覺很悲哀的虞因覺得那幅畫面實在是太哀傷了。

「總比沒得玩好。」玖深同樣深感哀傷。他也非常不想淒涼地跟很多男人玩交換禮物，但是好過自己去外面吃飯，然後看過來看過去都在放閃光的好，不如找一樣去死團的比較有安慰。

「也是啦……那你慢慢布置，我出去買禮物和蛋糕了，小聿要一起去還是要在家？」虞因看著整個人黏在電視前面的聿，突然有點不抱希望。

慢慢地從電視前面拔下來，聿盯了半晌之後才把電視關掉，然後去找出自己的背包。

「那你們兩個出門小心點喔。」

□

「應該跟玖深哥講一下房間有阿飄的。」

離開家裡之後，虞因稍微有點罪惡感。

不過想想，咳嗽阿飄好像是衝著他來的，應該不會有什麼事情吧。

今年的聖誕節剛好碰到週休，所以商店街全是人，可以看見每個櫥窗都擺了聖誕老人或雪人，有的玻璃上還用噴雪罐噴了白色的聖誕快樂字樣，到處都是應景裝飾。

剛剛經過台中公園時好像還看到了很大的聖誕節裝置，不過之前就一直在那邊了，今天拍照的人依然很多。

這樣一看，街道上的聖誕節氣氛眞是意外濃厚。

但是把聖誕節當情人節過的氛圍也頗濃。

看著滿街情侶，快被閃到眼睛的虞因嘖嘖了兩聲，繼續挑選禮物。

一旁的聿盯著隔壁惡作劇店家的聖誕骨頭。

虞因知道他自己也存了一點錢，雖然不喜歡與外界接觸，不過之前確認他的語文程度後，似乎有在虞佟的幫忙下接一些委外的翻譯工作，報酬都還不錯。

但是要買那種戴聖誕帽的骨頭……

虞因覺得自己還是會阻止他。

幸好聿應該僅止是看看的興趣而已，站了一會兒就把視線移開，轉向旁邊的書店。

虞因鬆了口氣，繼續看想買的東西。

就在考慮價錢時，他似乎又聽見某種淡淡的咳嗽聲，而且很明顯不是周遭傳來的，是那種老人家的咳嗽，就在他耳邊而已。

僵了兩秒，虞因馬上轉頭，還是什麼都沒有，周圍人來人往，非常熱鬧。

難道又要再來一次之前雪地尖叫的悲劇了嗎！

虞因摀著臉，正想去找已經不知走到哪家店的聿時，背包突然被人一扯，某種怪異的重量直接壓在他背後；因爲完全沒心理準備，他當場摔了個狗吃屎。

周圍逛街人潮跟著驚呼了幾聲，然後退開，形成一個中空圈。

「小心點啊同學。」一個杵著拐杖的老先生好心地走過來幫忙扶，圍觀的人才後知後覺地紛紛伸出手或慰問。

摔得頭昏眼花的虞因痛了半天好不容易回過神，「謝謝。」

逛街的年輕人們看到似乎沒事，便揮揮手、各自離開了。

虞因甩甩頭，齜牙咧嘴地揉著腳，發現好心老人仍站在旁邊，「阿伯，不好意思……」

「小孩子走路小心一點，不小心撞到頭很危險。」看上去有點年紀的老人笑笑地拍拍虞因的手臂，「我家老婆子就是去年滑倒摔死的，唉呦，所以要小心啊。」

「呃，謝謝。」瞄到聿跑過來，虞因連忙再道謝，然後撿起剛剛被扯掉的背包……對了，剛剛那個是怎樣，阿飄惡作劇嗎可惡！

不讓他睡，現在又要摔死他，最近阿飄勾魂的花招又變了嗎？

虞因決定打電話問小海要不要來吃聖誕晚餐。

提起來時他才發現包包裡還塞滿了昨天被推銷的薑餅屋……大爸他們沒回來，加上昨天又買了一堆糕點，完全忘記這回事。虞因想想，抓了一個有點分量的盒子遞給對方，「阿伯，這個給你，聖誕快樂。」

「你們這些小孩都不錯，今天也有小朋友要去給我們煮火鍋，謝謝啊。」大方接下薑餅屋，老人有點奇怪地看了盒子一眼，然後放到手提袋裡，接著取出個麋鹿布偶給虞因，「這個就給你啦，阿伯也知道你們這些年輕人啊，最喜歡玩這個……叫啥，交換禮物之類的，阿伯就跟你換薑餅屋了。」

小鹿布偶好像是剛剛商店街外面看到的夾娃娃機台裡面的？

虞因偷偷看到老人手提袋裡都是布偶，很多是夾娃娃機裡面的款式，光是鹿就有好幾隻，看來是位夾娃娃高手！

居然如此深藏不露！太強了！果然高手都在民間。

與老人交換完布偶，虞因又為剛剛的幫助感謝了幾句，對方才離開。

老人走掉後，聿剛好來到身邊。

「你買好了喔？」注意到聿手上有紙袋，虞因揉揉屁股，覺得還是有點痛，應該沒有摔傷骨頭吧。

聿點點頭，一雙眼睛直直盯著麋鹿布偶看。

「這個不是，是剛剛有個阿伯給的……」正想解釋阿飄摔人的事，虞因就聽見旁邊有人在吵架，無限多放閃的情侶裡有一組的女方正在跺腳。

「就抓不到咩！」站在前面的男孩子滿臉無奈地哄人。

兩個看起來好像都是國中的年紀……最近國中生都有妹了，自己居然沒有，而且晚一點還要跟一堆男人交換禮物。虞因忽然感覺到人生淡淡的悲傷。

「可是那個麋鹿是限定款……」看著商店街外的夾娃娃機，小女生眨出眼淚。

「都夾好幾百塊了……」小男生也有點沒轍，保底金額對他們來說有點高。「那種有點大的本來就不太好夾……」

「夾不到就是不愛我。」

虞因搓著手上的雞皮疙瘩，接著看到小女生轉過來，猛地眼睛一亮，雙眼發光地盯住自己手上的娃娃。

隨後小女生便一直推小男生，直到對方走過來。

「那個……可以賣嗎？」小男生好像很不好意思，但還是掏出口袋僅剩的幾百塊，嘗試性地詢問虞因。

「……給你吧。」虞因有點憐憫地把娃娃放在對方手上。

他突然覺得看人家放閃光也不是壞事，沒娃娃就是不愛真可怕。

小男生愣了一下，大概沒想到對方會這麼好說話。「欸、呃，謝謝，那這個給你。」接著他把手上的紙袋塞給虞因，「本來要給女朋友的……」

「孩子，加油吧。」虞因拍拍對方的肩膀。

看著小男生把娃娃拿回去，而小女生破涕爲笑，兩個立即抱在一起親親摟摟的，虞因無言地把視線轉開。

畢竟是小孩子，紙袋裡只有一盒不知哪家店買的糖果，還是聖誕節造型的麋鹿棉花糖。

「走吧，去排蛋糕……聿？」虞因走了兩步，才發現人沒跟上來，一回頭就看見聿在某家甜點店前盯著看，他只好回去拖人。

被拉著走的聿很遺憾地看著點心，然後看著虞因，又看看剛剛路邊的小情侶，決定現學現賣，努力地發出聲音告訴他哥：「吃不到就是……」

「給我走啦！」並不想聽到可怕的威脅，虞因直接掐著人走了。

# 3.

後來，虞因排蛋糕的途中又換到一盒拼圖。

因為排隊排太久，前面的小孩子已經開始表演哭鬧滾地尖叫，他乾脆把棉花糖拿去哄小孩，小孩媽媽覺得不好意思，就把拼圖禮盒送他。

接著，他在路口遇到沒買到拼圖就哭鬧的家庭組，與對方換到一個存錢筒。

拎著存錢筒時遇到個大學社團，也是要去關懷老人，但有人把其中一個禮物打破了，虞因便把存錢筒給他們，然後社團給了他好幾張劃好位的電影券，好像本來是晚上活動結束後要去慰勞自己的團票，交換的人還特別告訴他可以拿去櫃台改換成他們想要的時間。

「我突然有種……一根稻草換到一棟房子的感覺。」

虞因看著身旁的聿，默默地不知該做何感想。

彷彿也覺得很有趣的聿興致勃勃地左顧右盼，似乎還想找可以交換的對象。

沒想到真的被他找到了，一群應該是約出來要看電影的學生起了一些小爭執，聽了一耳發現因為買票的人不知出了什麼問題，買不到預計場次的票，耽誤既定行程所以不太高興。

然後聿便興沖沖地拿票去換東西了。

五分鐘後，虞因沉默看著人拿了一大袋東西回來……搞不好聿很喜歡玩這種遊戲？

虞因認眞思考是不是不經意打開了對方什麼開關。

看了下時間，天色也不早了，虞因站起身，正想去叫還在換東西的聿，卻先注意到附近好像有騷動，接著是「搶劫、快抓住他」之類的喧鬧尖叫聲。

短短不到數秒，他看到三、四個青少年從人群裡衝出來，其中一個手上還夾著別人的皮包。

方向正好是這邊，虞因趁那群人衝過來之際抓住最靠近他的，快速扭住對方的手把他絆倒在地、膝蓋跟著頂到他的背部進行壓制——之前被虞夏打到這種基本招都已經有身體記憶，邊抓人，他邊有點淡淡的感傷。

「幹！」被抓住的少年飆出髒話。

見同伴受制，剩下那幾個搶錢的不知道是不是仗著人多還怎樣，居然凶狠地圍過來了。

「幹！給我放手！」

看著另外兩人，已經拽著一個的虞因暫時騰不出手來修理他們，不過遠一點的聿正打電話報警，附近也有人跑過來要幫忙……雖是這樣，但他超不妙地見到另外那兩個傢伙居然動刀了。

嗯……這兩天不是計程車被劫殺就是有人口角被砍刀，現在連幫忙抓搶劫都會被砍，世風眞是……

「最好不要在這種地方亮刀。」

就在虞因想著要不要先保命再說時，持刀少年背後伸出手，一把扭住他的脖子，接著將他壓倒在地制伏，拿走刀子的一太淡淡地微笑，「否則很容易發生手滑的意外。」

被取走的刀子哐的一聲插在少年貼地的臉邊，當場把對方嚇出一身冷汗。

「是啊，刀子還是拿來切火雞比較好，萬一切到自己的雞就糟糕了。」制伏另一少年的嚴司同樣把人扭倒在地，不過他是把刀交給後面走來的前室友……其實他也很想拿來插這些死小孩啦，但是前室友在就什麼都不能做。

「……沒人會突然插到自己的那根吧。」虞因沒好氣地白了某法醫一眼，「你們怎麼會在這裡？」一太就算了，沒道理嚴司也這麼巧吧！

「我跟前室友剛好來逛街咩，今天晚上不是要交換禮物嗎。」把尚在掙扎的少年重壓了下，讓對方用臉直接去接觸涼涼的柏油路，嚴司聳聳肩，「所以只好一起來買禮物……你不覺得兩個單身的來買禮物很哀傷嗎，人家是情侶閃光滿街走，我們是兩條無奈的單身狗，剛剛一路被那些成雙成對的圍觀到這裡。」

「我覺得黎大哥比較哀傷。」虞因看著後頭提紙袋的黎子泓，順便打了招呼。認真地說，他覺得他們被圍觀應該不是單身狗的原因，而是這兩人其中一個打扮有點引人注目吧！

很快地轄區員警到來，三名搶劫的青少年直接被轉交給警方。

「對了，你怎麼也在這邊？」看著好像孤身一人的一太，虞因有點疑惑，左右張望的確沒看見阿方或者其他人，讓他覺得更奇怪了。

「嗯……一樣也是路過。」一太拍拍身上的灰塵，從旁邊地上提起自己的袋子，「認識的朋友今天要帶小朋友們去幫獨居老人煮火鍋，不過好像來晚了，錯過集合時間，正要自己過去。」

「阿方沒有一起去嗎？」還是沒看到第二個人冒出來，虞因有點緊張了。

「爲什麼會一起去？」一太露出某種奇妙的微笑，然後看了眼旁邊的聿，「好不容易才把阿方甩掉，我想他應該猜不到我會和朋友去煮火鍋，除非有人告訴他，對吧。」

「……放心，我絕對不會說的。」爲了自己的安全著想，虞因絕對不會多事通知遠在不知哪一邊的阿方。

何況得罪一太不如得罪阿方好。

「我想你應該也不會，那就這樣。」一太微微笑了笑，正要離開時突然又丟了句莫名其妙的話來：「對了，你們換到什麼東西了？」

雖然有點想問對方爲什麼知道他們在換東西，不過虞因還是忍下來沒問，只是翻看了一眼聿剛剛提回來的大袋子，「呃、一床棉被？你是怎麼去換到棉被的？還有很多的糖果餅乾？」他突然覺得搞不好把聿丟在這裡，過個兩、三天還眞的會給他換到車子、房子之類的，居然連棉被都換到了，到底是怎麼到手的？

而且看起來像是很貴的那種棉被，太神祕了。

「那應該也差不多了。」一太維持著那種有點奇異的笑，說道：「祝你們有個愉快的假日。」

「等等，什麼東西差不多啊……喂喂喂……」見一太根本不打算回答還自顧自地走掉，虞因叫了幾聲後只好放棄。

「你朋友還眞的都很奇怪。」站在一邊的嚴司摸著下巴靠過來。

「嚴大哥你比較奇怪，你幹嘛戴那種帽子啦。」從剛剛開始虞因就很想說，不管是扭人還是現在，嚴司都戴著一頂長角的聖誕老人帽，說有多突兀就有多突兀，雖然一路走來看到不少店員或是小女生也戴著類似的帽子，但是他戴上去就超奇怪的啊！

「很不錯吧。」嚴司得意地拍拍自己的帽子，「其實本來是準備給我前室友的，沒想到他歧視麋鹿，只好自己戴了。」

「並沒有人歧視麋鹿。」黎子泓冷冷地開口。

「不然你戴。」嚴司還眞的把帽子摘下來遞出去。

「不可能。」

「你看還說沒有，又不是叫你戴那種整顆頭都是麋鹿臉的，才兩根角也不要，嘖嘖果然歧視麋鹿。」還是沒辦法增加帽子同伴的嚴司只好再把紅帽戴回頭上。

「……黎大哥，你辛苦了，眞的。」虞因突然可以感覺到黎子弘一路走過來有多辛酸，換作是他，可能會騎車撞對方。

「習慣就好。」黎子泓點點頭，決定繼續無視友人無厘頭的可惡行爲。

「什麼意思啊你們兩個，居然這麼同鼻孔出氣。」嚴司瞇起眼睛，然後看了下手錶，「不跟你們玩了，我們還要去搬烤火雞和蛋糕，晚點見。」

「掰。」

「啊，好晚，快走吧。」

隨著嚴司兩人離開，虞因才發現時間被耽誤許久，他們把玖深一個人丟在家裡也不知道有沒有怎樣。

不過那個阿飄貌似跟出來了，應該是沒關係。

頂多回去看到有人昏倒而已……

抱著大袋子，聿和虞因快步往停放機車的地方跑。

遠遠地，虞因看見機車旁邊有好幾個小孩，而且居然滿眼熟的……裡面有三個是昨天才推銷他薑餅屋的小鬼。

大概五、六個在他機車旁邊圍成一團，很認真地不知道在商量什麼。

虞因跟聿一靠近，所有小孩都轉向他們。

「啊，買很多的大哥哥。」第一個認出來的就是那個很會賣東西的小女生。

「你們在這裡幹嘛啊？」虞因也有點意外，沒想到會再看到這群小孩。

「我們在湊錢，我們小組的零用錢，想要去買被子。」代表發言的小女生抬起手上的小皮包，裡面放了一些百元鈔票和零錢，「等等要去煮火鍋，聽說有個阿公前幾天家裡遭小偷，小偷超壞的，還把棉被什麼的都割破，我們想買新的被子給那個阿公。」

新的被子……

虞因和聿對看了一眼，聿向前一步把大袋子往前遞給幾個小孩。

「不用買了，這個給你們吧，反正我們也是剛好拿到，你們這些錢應該買不太到比較好的棉被。」急著趕回家的虞因懶得講太多，就讓他們把棉被收下。

小女生與幾個同學面面相覷，接著繞成一團討論了起來，接著小女生又代表出來發言，「我們幫阿公謝謝你，可是老師跟媽媽說不能隨便拿陌生人的東西，所以這個給你們。」說著，她拿出一個很大的環保袋，裡面裝著隻白色熊布偶，大概有小孩的一半大，「這本來要送老師的，但是不能白拿被子，就和你交換了。」

「其實也不用……」看著熊布偶，虞因搖頭推拒。

「不然我們就自己去買被子。」小女生很堅持，一板一眼地說：「是我們要買給阿公的，所以不能白拿。」

虞因想了想，便收下那袋熊布偶。

「對了，裡面有昨天在麵包店撿到的東西，大哥哥如果不要可以拿去警察局。」小女生只留下這句，接著就和她的同伴們歡天喜地地扛著棉被跑掉了。

拿去警察局？

看著被布偶塞滿的袋子，沒看到其他東西，虞因猛然驚覺時間真的不早了，把熊塞給聿，連忙把車牽出來，直接往回家方向狂飆。

約莫半小時後，虞因兩人終於回到家門口。

冬天的天空暗得很快，尤其時間不早了，天色已完全轉爲黑幕。

瞄了眼指著六點的錶，虞因快速把車停好，注意到虞佟的車已經在家裡了，與聿提著大包小包回到溫暖的屋子。

一進玄關先聽見的是某種聖誕節的音樂，有點應景又有點可愛，壁上也掛了大大小小的聖誕造型燈，沿著走廊進客廳，顯然自己忙了整個下午的玖深站在超大棵的聖誕樹前，踩著板凳把最後一顆星星擺上最頂端。

「感覺還不錯耶。」虞因看著接上電整個亮起來的聖誕樹，有種驚艷感。

「嘿嘿，不錯吧，因爲聖誕樹有一年沒用了，下午我還專程清理過才開始裝。」看著比自己高的樹，很有成就感的玖深說道：「很久之前我們局裡也有一棵啦，可是不知道哪一年聖誕節，有個嫌犯想逃走時跟老大扭打，樹被老大一腳踢下去攔腰折斷，就沒再裝過了。」

玖深有點感慨地想著殉職的聖誕樹，那棵樹也是比人高，而且不是那種廉價的塑膠製物，是眞眞正正的木頭體，結果沒想到被虞夏一腳掛掉，之後他們就只放吊飾了。

雖然虞夏有賠破壞公物的錢，但是大家決定不要再讓第二任聖誕樹殉職，或者成爲凶器，便沒再擺設了。

附帶一提，那個本來躲到樹後面的嫌犯，看到虞夏用踢的踢斷樹之後，馬上投降，束手就擒。

「嗯……可以想像。」虞因完全可以理解他們的心情。

正當幾人出神盯著聖誕樹看時，在廚房忙了有陣子的虞佟探出頭，「你們全部都在樹前面幹什麼？來把菜端出去。」

看著廚房裡早就準備得滿滿的湯菜沙拉等物，虞因咂著舌，趕緊和玖深、聿幫忙整理桌面與端盤。

「對了，大爸你們那個案子後來怎麼了？」偷拿桌上的長條麵包來吃，虞因隨口問著：「不是說意外死亡嗎。」

「是啊，但昨天我和玖深覺得有點奇怪，所以和夏重新詢問了所有相關人士……問到很晚才回來，結果眞的問出問題。」虞佟把手上的沙拉盆遞給玖深，順便告訴今天沒班的同僚，「我們懷疑金子應該不屬於受害者，因爲他對遺失的金子無法明確描述，也無詳細影像證明，而且問到相關問題時有點結巴，下意識試圖迴避，本來想進一步詢問，結果他父親就帶律師來了。」

「嘖嘖，這樣就問不下去了。」玖深搖頭。

「是啊，因為毫無證據，只好讓受害人先行離開。」虞佟也覺得有點無奈，但的確不能憑猜測就扣押人，於是還是放了。

「這樣很麻煩耶。」虞因繼續咬麵包。

「確實，只能再看看有沒有其他辦法證實了。還有，阿因你繼續偷吃下去，等等大家吃飽後碗盤你要全部洗。」把烤盤推進烤箱，虞佟不輕不重地丟了一句出去，被點名的人連忙把麵包給吞掉，然後狗腿地跑來幫忙。

站在廚房另一邊幫忙切水果的聿無言地看著某人諂媚的舉動，繼續自己手上的動作。

就在該準備的東西弄得差不多時，比預定時間晚回到家的虞夏推開大門走進來，邊走來邊甩手。

「老大你今天又揍誰啊？」玖深眼尖地注意到對方的拳頭上有幾道傷痕，都是新傷，看起來頗像揍人被刮到。

「就搶劫的那幾個，傍晚時派出所通知我們抓到三個，我跑去問話，結果那群死小孩眞是欠揍，就揍下去了。」虞夏踢掉球鞋，轉頭去找了ＯＫ繃來貼。

「抓到三個？」虞因覺得數量有點耳熟。

「聽說是阿司他們抓到的，有夠巧。」虞夏冷冷瞪了虞因一眼，涼颼颼地開口：「對吧，好像你也在場不是。」

「呃，眞的很巧。」虞因打哈哈地把臉轉向旁邊，「一切都是緣，不用太在意、不用太在意。」

「你揍了那些小孩？」虞佟皺起眉，這下子又少不了一頓訓和被媒體釘了。

「放心，他們不知道我是警察。」在對方一句「死高中生」丟來，並做出攻擊動作時，虞夏就打下去，直接把那三個不知死活的小孩打得鼻青臉腫，之後就被認識的員警拉開，被揍的青少年大概是嚇到，還沒等虞夏報上身分，立刻先向員警招了，只要求員警快點把他們跟不知哪來殺人放火的高中生隔開，「那些傢伙居然和受害者認識，聽說死掉那個之前和受害者走很近，這次他們去打人也是死者教唆的，但他們不曉得爲什麼，死者只告訴他們順利的話可以討回一大筆錢，他們就跟去了。」

「所以是預謀，不是臨時搶劫耶。」玖深歪頭思考，「假設受害者跟死者有什麼金錢糾紛，讓死者決定在他去存放金子時動手搶，那就不是一般的青少年臨時起意犯案了。」

「嗯……那就眞的很奇怪了，受害者告訴我們的明顯都是謊言。」

就在幾人陷入沉思之際，門鈴再度響起。

「你們幾個都站在客廳幹嘛啊？」

抬著大火雞，本來想帥氣出場的嚴司才剛踏進門就發現不尋常的氣氛，他連看見聖誕樹的感動都還沒發表，就先對那些圍成圈、疑似邪教的朋友們發出疑問。

後頭的黎子泓也皺了下眉，覺得現在的氣氛不像在過節，反而像是在工作。

「就那件搶劫的案子……」

玖深把剛剛談論的大致狀況描述給晚到的兩人。

「這樣聽起來真的很有問題耶。」將大火雞和蛋糕放到桌上，嚴司也跟著加入猜謎，「根據一般情況，八成是那兩人幹了啥壞事，分贓不均，其中一個摺人討錢吧。」

「也很有可能。」見食物和人都到齊了，虞佟微笑著一拍掌，把所有人的視線吸引過來，「但是現在是晚餐時間，工作的話明天再說吧。」

「說的也是，這種時候還在想工作就太……誰的手機在響？」正想附和一下的嚴司才剛開口，就聽到怪聲音。

幾人面面相覷，完全沒人承認。

看向聲音來源，聿快了一步把裝著大白熊的袋子提過來遞給虞因。

奇怪的聲響的確是從裡面傳出，虞因把白熊倒出來，這才發現袋子底部有支陌生的手機，難怪那群小孩會跟他說要拿去警察局，「這不是我們的。」

「通常這種狀況，手機響之後熊就會爆炸。」嚴司煞有其事地充當旁白。

「別鬧了。」黎子泓咳了聲，示意虞因先把電話接起來，看看是誰的手機，好找到失主。

在一堆眼睛下，莫名其妙擔任接手機任務的虞因只好接通了，結果另端沒有任何聲音，

「喂？你是這支手機主人的朋友或本人嗎？」

連續問了兩次，仍舊什麼聲音也沒有。

八成是收訊不好吧。

虞因正打算掛斷，通話那頭冷不防傳來輕輕的咳嗽聲，依然是昨天晚上聽得他快神經崩潰的聲音，一模一樣。

而且這次還伴隨著老太太的淡淡笑聲。

有瞬間，虞因的雞皮疙瘩都起來了。

阿飄電話接過不少次，但再多次都無法讓人習慣。

還好這次旁邊的人滿多的，所以他可以很鎮定地把手機通話給按掉，很鎮定地拿衛生紙

包起來，再很鎮定地拿給一旁的玖深。

「怎麼了？」一頭霧水地接過手機，玖深順勢看了下來電顯示，「咦？這個號碼不就是那個死者……嗚啊啊啊啊——」

慢了三秒玖深才把手機丟出去。

「阿因你沒良心！」居然在平安夜暗算他！玖深瞬間逃出客廳，站到最遠的走廊邊。

「我還以為我的反應代表一切。」虞因目睹一邊的虞夏按著椅子翻身，手腳很快地接住飛出去的手機，動作一氣呵成、俐落迅速，都想幫自家二爸鼓掌了。

「看來是支沉冤待破的手機。」嚴司嘖嘖地走過去，看見虞夏已經打開來電顯示和通訊軟體，螢幕沒有鎖定，所有資訊赫然展現在大家面前。

「你剛剛說是死者的號碼？」黎子泓瞇起眼，看向逃很遠的鑑識人員。

靠過去看手機的虞佟也認出來電號碼，「的確是，號碼比較特別我有印象，不過那支手機應該還在局裡才對。」

「等等，這些訊息……」看著對話記錄的虞夏臉色突然完全變了，站在旁邊的虞佟也跟著睜大眼睛，嚴司的反應則是吹了記口哨。

「被圍毆的同學，你還眞是拿到個大獎。」嚴司摸著下巴，笑笑地走過去，直接勾住虞因的肩膀，「平安夜不要對大家這麼狠嘛，嗯？我好不容易才騙到我前室友過來聚餐耶，這下子不是通通都要回去加班了嗎。」

「什、什麼東西啊？」虞因整個人愣住了。

「看來手機是受害人的，我想應該是在店家時掉落。」虞佟接過手機，左右翻看，注意到上面還沾著糖霜，「裡面全是受害人和死者的通訊，他們之前套好計畫去附近的住宅區行竊，那些青少年團體裡有人提供消息，知道有獨居老人把金子藏在家裡，所以他們去偷了一個出來，因為受害人最近開銷大想獨吞，我想這應該就是他被死者追打的原因吧……裡面還有買毒品的訊息，看起來是慣犯，也有不同時間點的竊盜通訊，都是與那個死者之間的通聯。」

「你這支手機是怎麼來的？」虞夏黑著張臉詢問自己的大兒子。

「呃……用薑餅屋換來的。」才剛回答完，虞因就被揍了一拳，他連忙抱著發痛的頭閃邊，「真的啦，總之過程錯綜複雜，最後就是一群小孩給我們布偶，說他們撿到的啊。」

「小孩？」虞佟和黎子泓同時看向虞因。

「喔，就附近國小的，說今天要去幫獨居老人煮火鍋……昨天買薑餅屋時認識的。」虞因稍微把買薑餅屋的過程快速敘述一遍。

「該不會是你們大學附近那間國小的吧？」虞佟報出個名字。

虞因連忙點頭，「是啊，大爸你怎麼知道？」

「我們昨天去命案現場時有遇到他們啊。」玖深歪著腦袋回憶昨天的經過，「命案現場是麵包店，今年與國小合作，用很便宜的價錢提供薑餅屋半成品給那間國小，半成品就是屋子都幫他們架好了，只要擠糖霜跟裝飾就行，讓小朋友去街上義賣，賣完的錢當火鍋錢啊……我們到現場時，那群小朋友和老師們剛好來搬材料，因爲趕時間，就讓他們先搬了。」

難道受害者的手機是在那時候被那群小孩撿走？

「實際上，我們懷疑受害者所謂的金子說不定在那些箱子裡。」黎子泓慢慢地開口：「但是下午到達時，小朋友們都已經做完帶出去賣了，老師們並沒有聽說有誰拿到金子。」

「這也太巧。」虞因看著薑餅屋換來的手機，有種今天到底是什麼鬼日子的感覺。

「總之，我先回局裡一趟吧。」既然有手機，虞夏不想浪費時間，「晚點再回來吃。」

「我也過去吧。」同樣負責案子的虞佟脫掉圍裙，「阿因，你們先吃飯吧。」

「我也是。」玖深連忙把手上的東西放下來。

「小聿他們就交給你了。」黎子泓直接向身旁的嚴司開口，然後跟著離開了。

嚴司環著手，朝旁邊的虞因白眼。

「你看，都是工作狂。」

居然在平安夜跑光光了。

□

看著空蕩蕩的房子，虞因嘆了口氣。

「嘖嘖，菜這麼多，我們三個怎麼吃啊。」看著滿桌的菜，就算跳脫如嚴司，也有種不知該從何清起的感覺。

聿看了看嚴司，又看了看虞因，乾脆走回客廳看影集。

「等他們回來吃吧。」虞因無奈地端了點麵包，走到客廳去，「我順便打電話給一太。」不知道為什麼突然想打，搞不好是想託他問看看那些小朋友知不知道金子的下落。

「啊，你那個要去和小朋友煮火鍋的奇怪同學。」嚴司也跟著在沙發上坐下，然後分麵包吃，「據說金子是小鹿的模樣。」

小鹿？

虞因聳聳肩，打通了手機。

「我就覺得你差不多要打來了。」

電話一接通，手機另一邊劈頭就來這一句。

「呃，你可以問一下那些小朋友有沒有人撿到金子的小鹿嗎？」虞因直接半癱在沙發上，今天整天下來事情超多又加上疲勞，他真的有累。

「有。」

「咦！」虞因馬上跳起來。

「負責推銷我們學校路線的小組的確有撿到金子做成的小鹿，在煮火鍋時我問過了。」

完全沒想過要去問一太爲什麼會問他們金子的話題，虞因連忙發問：「那現在金子呢？」

「他們說，在盒子裡面撿到的時候，以爲是特別的裝飾，所以放到其中一個要賣的薑餅屋裡，當作特別版，後來賣掉了，也不知道賣到哪裡。」

「我靠……不是吧……」虞因傻眼，人海茫茫，就算是他們學校的學生也爆炸多啊。

「是說，我倒是有看見另外一隻鹿。」

「另外一隻？」

「前幾天，這裡發生竊案，有位老先生掉了金色的小鹿，聽說是他死去的老婆最喜歡的東西，生前幾乎天天都會把玩。本來是一對，是他家最值錢的東西，小偷偷走了其中一隻，另一隻那天剛好掉在床夾板裡，小偷沒注意到。」一太的背景音有些吵雜，混雜了很多小孩的笑鬧聲，不過很快背景聲就稍微變小，似乎是遠離了鬧源，「老太太生前最喜歡鹿，剛剛我去看過，他家東西全都是鹿的樣子，還有很多布偶……對了，阿伯聽說還是夾娃娃高手，專夾鹿娃娃。」

虞因抹了一把臉，「該不會他家剛好有個薑餅屋吧？還是小朋友在賣的那種。」他怎麼覺得這個形容好耳熟。

「是的，而且更巧的是，剛剛打開時，發現被竊走的小鹿就在屋子裡，眞是聖誕夜的奇蹟。」

虞因抓著手機，仰頭看著天花板，腦袋有幾秒空白，「那我再問一下，老太太該不會很會咳嗽吧。」難怪把薑餅屋送出去之後，就沒跟著了！只有剛剛打電話來！

「沒錯，死前身體並不是很好，所以時不時就在咳嗽。」

「……我知道了，謝謝。」虞因突然有種無語問蒼天的感覺。

「很有趣吧。」

「是很有趣。」虞因只想問那幹嘛你自己不去買那個害人失眠的薑餅屋。

「我想，你不用太失望，今天晚上會比你想的還好，晚安。」

然後電話就被掛掉了。

看著被擅自掛斷的手機，虞因無言了好幾秒。

「被圍毆的同學，你怎麼了？」從剛剛開始就聽他們在進行怪怪的對談，嚴司好奇地湊過來。

「沒，突然感覺到人生無常。」感覺無力的虞因打開通訊錄，直接撥電話給剛出去不久的虞夏等人。

連贓物都找到了呢，這個晚上到底是怎麼回事啊！

電話還沒撥通，關閉的大門突然又被打開。

早先離開的虞佟等人陸續走進來。

「眞是，外面大塞車，只好晚點再走。」虞夏脫下被強迫穿上的外套，踢開鞋子再度回到客廳。

「大塞車？剛剛來的時候不是還好好的？」嚴司看向後頭進來的前室友，發問。

「不清楚，似乎是有什麼交通事故，堵在重要路口，車流無法通行。」黎子泓拿掉圍巾和大衣，「看來會堵一段時間，就先回來了。」

「看來聖誕夜丟下聚餐回去工作，是會有天罰的。」虞佟微笑地關上大門，「既然有檢察官在這邊，也不用擔心證物造假，那大家繼續剛剛中斷的晚餐吧。」

「喔喔喔，我就說嘛！這種時間還跑回去工作實在是太要不得了，你看聖誕老人和神都叫你們要乖乖地把飯吃完才能走。」嚴司不知從哪拔出一柄切肉刀，「於是，今天的晚會就由最擅長肢解的本人，來為大家切火雞吧，我一定會善盡個人專長，一邊切一邊幫你們介紹，我還有研究過這隻雞的致命傷……」

站在旁邊的黎子泓劈手把在某法醫手上就會變成詭異凶器的刀拔走，然後遞給站在一邊的虞佟，「麻煩你了。」

「好的，大家請就坐吧，正好飯菜還熱著。」虞佟朝要撲過來的嚴司微笑，然後再微笑，直接笑到讓嚴司自己退後兩步，斷絕奪刀念頭。

看著滿滿一屋子的人，虞因也拉著聿跑過去了。

「太可恨了，過年的巨大肉排一定要換我切。」嚴司含著淚，不甘願地先確保下一次動刀的地位。

「等等！不要擅自決定過年要吃什麼！」虞夏發出抗議，「誰教你在我哥面前點菜！」

「啊，過年火鍋比較好。」玖深把沙拉分給所有人，趕緊先提議。

「不，玖深小弟，我剛剛決定了，過年一定要吃烤乳豬。」這樣夠大才夠切。嚴司握住拳頭，開始想著要提早去跟業者預約。

咚的一聲，火雞腿被重重一剁，掉下來。

拿著切刀的虞佟微笑，「我想，不管是肉排或是乳豬，食物的切塊和擺盤我應該能夠勝任，但是我過年一定會煮火鍋。」只有火鍋才能夠代表圍爐。

摸摸自己的大腿，有瞬間覺得和火雞一樣痛的嚴司罕見龜縮了。

「過年還是要吃火鍋才對，黎大哥覺得呢？」虞因趕緊拿起盤子，接過分來的雞肉。

「火鍋。」黎子泓也點頭成為火鍋黨。

「你們、你們這些毫無創新的守舊派——」見完全沒有人要分一隻腳站在他這邊，嚴司悲愴，「居然不肯嘗試新東西，守舊派啊啊啊——」

「守舊派的說，既然你不喜歡，那等等就不要換禮物。」虞夏直接給戴著麋鹿帽的人致命一擊。為了配合什麼該死的換禮物，他還特別撥空跑去附近店家買。

嚴司捂著胸口，從椅子上掉下去，陣亡。

「對了對了，還有禮物。」玖深咬著肉，眼睛發亮，他最期待這個了，已經有多少年沒玩過這種遊戲了，好像回到大學時代。

咬著香噴噴的火雞肉，虞因隱隱約約好像聽見旁邊窗外傳來含著咳嗽聲的笑，然後慢慢地遠離他家。

他看出去，見到黑色的身影消失在街道上。

其實也不全然都是壞事啦。

這種節日，還是大家都能聚在一起最好。

嗯，這樣就好了。

不想奢求太多，只要在某天大家可以這樣圍著一起說笑吃飯就很好了。

「啊，反正都要晚點回去，乾脆明天再回去好了。」嚴司從地上爬回來，開始提出餿主意，「換完禮物之後，我們乾脆殺去合歡山上看聖誕節的日出吧！」跨年或是除夕他們都不見得有假啊啊啊，只好趁這種機會找名目殺上去了。

「不！」

「阿因你幹嘛一秒反駁！」

「絕對不要！」

這次死都不妥協！

〈聖誕奔走中〉完

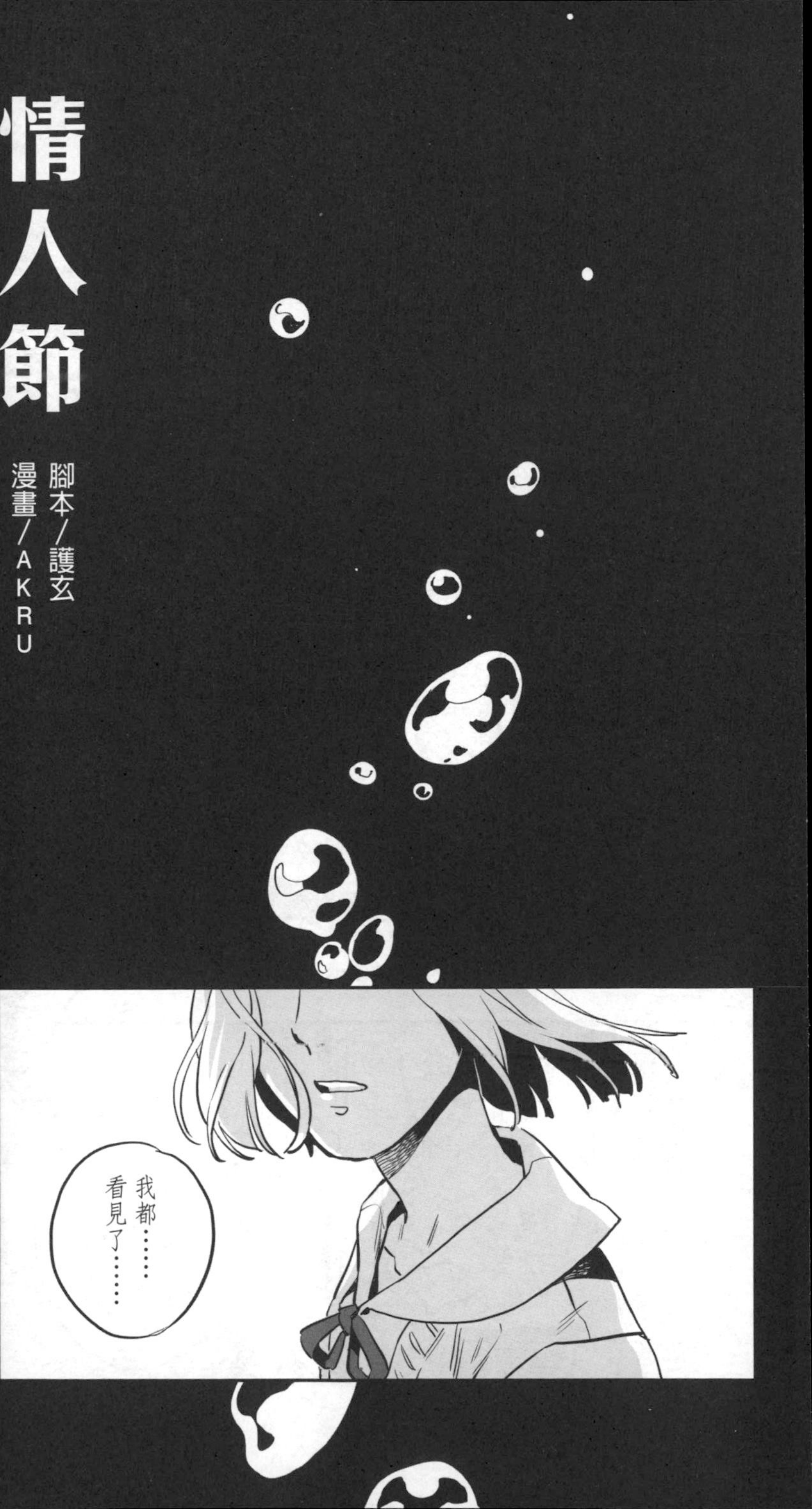
情人節
腳本／護玄
漫畫／AKRU
我都……
看見了……

阿祖！
阿公。
唷～阿因，怎麼回來沒有講一聲～
嘿嘿～

阿祖，
我們去找黑黑的小妖怪和森林精靈的小通道！
我有相機可以照下來~
什麼小妖怪？
阿因最近在亂學卡通啦！
不要讓他隨便亂鑽，他之前還卡在壁裡。
阿公應該不會跟著阿因一起憨吧……
擔心就跟去啊。
嘖！

找到通道了!!
這個洞太小，阿祖進不去欸。
好~阿因要去找森林精靈!!
阿祖你要再變小一點啊!!
阿祖去給你買汽水。
阿因在這玩，不要亂跑喔。

嗯～～～
喏沙
？
……森林精靈呢？

根本就沒有……
——電視都是騙人的!!!
……
呵呵…
——過來一起玩嗎？

姊姊這裡有巧克力喔。
CHOCO
呃……
不可以和陌生人走！
遇到壞人三步驟：
1.尖叫
2.引起周遭人注意
3.捶爆壞人蛋蛋
※好孩子不可以學！
……
吱嘎

今天是西洋情人節，姊姊自己一個人吃不完。
我們一起吃好嗎？
爸爸跟叔叔說不能隨便吃陌生人的東西。
姊姊不是陌生人呀。
姊姊叫林芳希，附近的人都認識姊姊喔。
那阿因要回去問爸爸才可以。
…你真乖。
那你陪姊姊聊聊天可以嗎？

姊姊在這很久了，都沒有人跟姊姊說話。
今天是西洋情人節啊……
阿因知道什麼是西洋情人節嗎？
唔……就是女生會給巧克力的那天。
爸爸他們會收到很多。
噗～
以前媽媽會做巧克力蛋糕給我和爸爸，全家一起吃！
是可以一起快樂吃巧克力的一天～
的確，應該是一起快樂吃巧克力的一天。
……時代在進步啊，以前必須偷偷摸摸的呢。
偷偷摸摸？
是啊，以前很多事都要偷偷摸摸。
尤其像告白、談戀愛，被教官抓到就不得了了。

姊姊也告白過喔，
姊姊的男朋友是大我一屆的資優班班長，
學長爸爸還是我們學校老師呢。我們都住在這個社區。
原本只是想不要留下任何遺憾，沒想到學長居然接受我的告白，
那年情人節，就在這個地方。
那被教官抓到了嗎？
大家都知道後門鎖壞掉，但沒告訴大人。
晚上泳池關閉後，我們悄悄溜進來，躲到更衣室裡就不會被抓到了。
更衣室的門是喇叭鎖，拿卡片刷一下就開了。
……
這樣壞壞。會被警察抓，不能亂開鎖！

是啊…不能亂開鎖。
為什麼，那天就是開了呢？
明明，只是想等他來啊……
……
原本應該只是個一週年的驚喜……

看見了，
卻寧願沒看見。
如果有人做了很壞很壞的事，你認為該原諒他嗎？
很壞的事？
我一直在思考，
是啊，父母要我放下，好好地去吧。
其他人要我別掛念，一切都讓它過去吧。
所以該過去嗎？
該原諒嗎？
因為發生的事已無法挽回，放下一切最好嗎？
這樣遭遇壞事的人心情又該如何？
如果是很壞的事，為什麼要原諒和放下？

我二……叔叔說，真的不爽就不要原諒。
就像罵我說謊而且又故意把我鉛筆盒丟掉的陳立銘。
他媽媽和老師也說要原諒他，可是他沒有道歉。
叔叔和爸爸說要不要原諒是由我決定，別人不可以幫我決定。
所以我可以不原諒他。
……
……可以不原諒嗎？
嗶ㄅ—
啊!!我該回去了！
嗯，謝謝你給姊姊建議，
作為謝禮，巧克力送你吧。
不行啦…

不然，
你借姊姊這個，姊姊給你一點巧克力當租金。
…好吧。
這就是拍立得啊～
是這樣用嗎？
喀嚓
來啦，我幫妳拍。
哇～真的馬上洗出來了！
我要回去了，阿祖還在等我。

好喔，
要乖乖長大喔。
哎唷，小孩子不知道跑去哪了……
附近也沒聽說拐小孩的。
會不會掉到溝裡？
喂～好像找到小孩了！

阿因真的只有和大姊姊聊一下下，
沒有好幾小時！
打你是因爲聊天嗎？是你讓大家很擔心!!
可是真的沒有很久啊……
好了好了，回去再說。
而且姊姊有幫我照相。
那時天還是亮的啊……
……！
啊……
……
先向大家道歉和說謝謝，讓很多爺爺奶奶擔心你。

沒事就好，快帶小孩回去吧，孩子應該也餓了……
是啊！是啊…
夭壽喔，那泳池不是二十年前就填掉了？
對啊，隔壁鎮的那個。
什麼代誌？
妳晚搬來不知道，那邊當年死了個縣長獎的女孩子……唉，可惜啊。
女孩子不知為何半夜偷跑進泳池玩……等早上管理員開門才看見她沉在水底。
對對。
之後常有人聽到那裡半夜有哭聲，鎮長應大家要求填掉了游泳池，我老伴以前會去游泳，當時還說可惜。
相片是怎麼拍出來的？
就是那個泳池對吧。
對對，我記得泳池旁還缺個角，一模一樣！
好像傳聞當時女孩有小男友？
哎，我怎聽說是撞到別人婚外情？
有有，有人懷疑是和小男友約會不小心摔進去。
靠杯，我聽到的是她看到有人在呷毒！

……好啦人都死了，不要亂講話。
哎唷夭壽，遇到不乾淨的。
都是群男人不知會不會照顧孩子，等等我剪些艾草過去給小孩洗吧。
我那邊有芙蓉和茉草，一起剪過去吧。
要不要介紹他們收驚的……
我都……
看見了……

窸窣窸窣
……
?
……
咔嚓
!
……學妹!?
老師……
林同學等等!!
啪

嘩啦！
!!
呀啊——
咔
呼……呼……
醒醒！
我們走吧，整點保全會來巡邏，她不會有事的。我們的事被發現就完了……
抱歉……一定會有人來救妳的……
噠噠

喀沙
沙沙
……
對不起……
但我爸不能是同性戀……
拿起
我爸的前途，
我的前途，
我爺爺的名聲……
噗通

可以不要原諒。
呵呵……
滴
滴
學長……
我都看見了……
以後你不再來，
我可以跟著你。

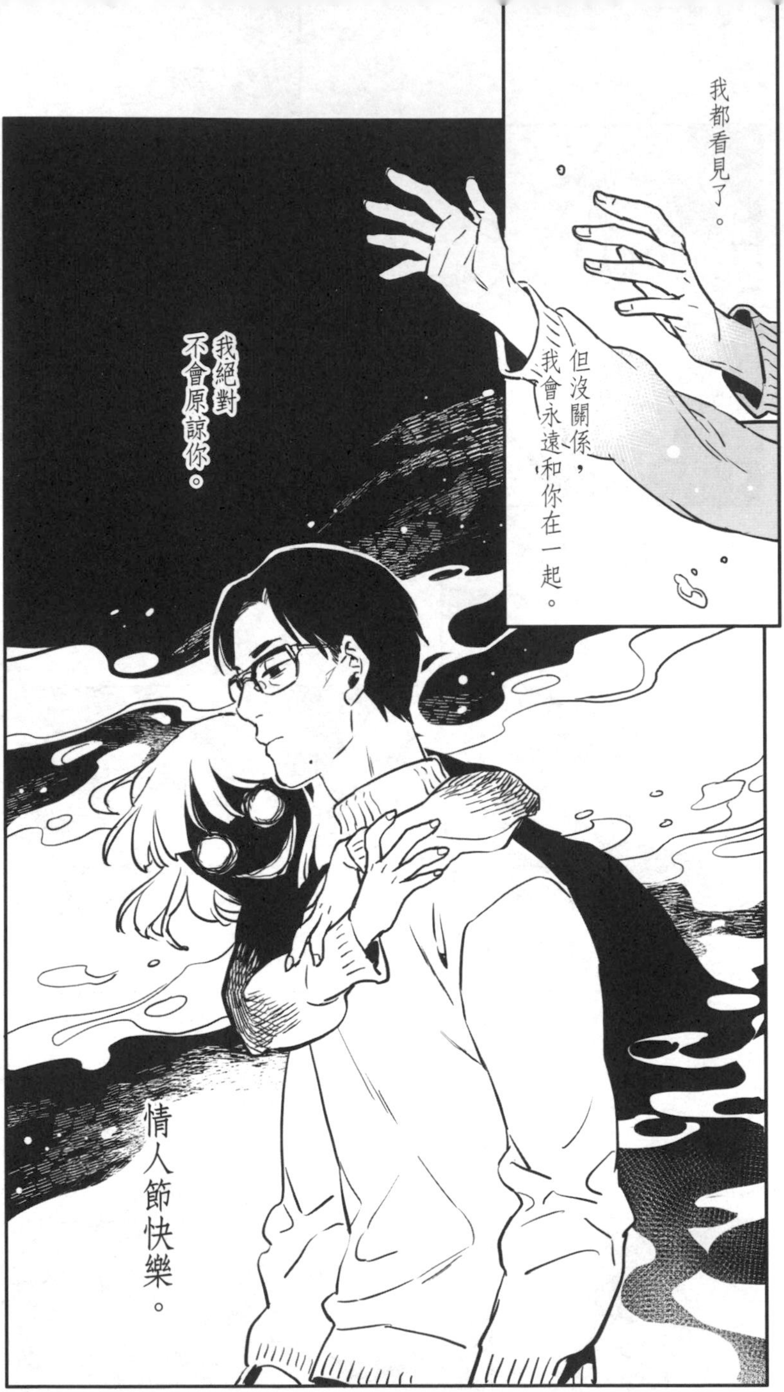


完

# 後記

謝謝看到此處的各位朋友。

長久以來由衷感激家人、各方合作者，與讀者們的照顧與支持，讓這個故事得以發展至今。

說起來，因爲近年種種忙碌與大小因素，所以一開始其實我們沒有注意到故事已經出版這麼久的時間。

而是在年初時突然被讀者提醒：「出版十五年了，今年會有什麼活動嗎？」

我們才驚覺：「哇！居然十五年了！」

於是這本集結過往各個節日網路番外文的「四季時」就此誕生，同時紀念與讀者們共同經歷過四季各個節慶的記事。

當年戰戰兢兢地將稿子投向蓋亞文化的信箱，就此展開後續一連串合作緣分，這也是與出版社合作的第一本書踏入值得紀念的十五週年，特別感謝出版社與負責團隊陪伴我如此久的時間，希望未來能繼續如此愉快地合作下去。

在此對諸位編輯們致上最高敬意，畢竟編輯們被我日復一日拖稿如此漫長的時間，還能持續保持著溫柔與耐心，沒有眞的把我掐死。

這些年尤其感謝AKRU老師經常被我這個拖稿人拖著一起趕死線，依然交出大量美麗的封面與插圖，眞的非常非常辛苦您！未來也請多多指教！

而於本書中，AKRU老師百忙中特地撥出時間進行其中一篇番外故事的短漫化，圓滿了我對漫畫的夢想。

因爲篇幅有限，所以漫畫的故事有再精簡編輯過，會與小說本文稍有出入，可以兩邊交互看，應該會得到不同的樂趣。

同時也感謝繪製系列四格與各式大小圖的Roo老師，四格與拍立得風卡片都非常可愛，每次定好主題後都相當期待Roo老師的繪圖。

因爲有兩位畫家老師精心地繪製，讓《案簿錄》系列變得更加精采。

最後再次感謝多年來伴隨至今的讀者朋友們，很高興大家喜歡這個故事，今後我也會繼續努力呈現新的故事。

十五週年後，或許還有下一個十五週年。
感謝過往一路陪伴，期待相約未來再續。
往後也請諸位多多指教！

感謝一路相伴

2023.6

國家圖書館出版品預行編目資料

四季時：案簿錄·番外 / 護玄 著.
——初版.——台北市：蓋亞文化，2023.06
面；公分.

ISBN 978-986-319-839-0（平裝）

863.57 112007556

悅讀館 RE405

# 四季時 案簿錄·番外

作　　者　護玄
插　　畫　AKRU
封面設計　莊謹銘
主　　編　黃致雲
總 編 輯　沈育如
發 行 人　陳常智
出 版 社　蓋亞文化有限公司
地址：台北市103承德路二段75巷35號1樓
電話：02-2558-5438　傳眞：02-2558-5439
電子信箱：gaea@gaeabooks.com.tw
投稿信箱：editor@gaeabooks.com.tw
郵撥帳號 19769541　戶名：蓋亞文化有限公司
法律顧問　宇達經貿法律事務所
總 經 銷　聯合發行股份有限公司
地址：新北市新店區寶橋路二三五巷六弄六號二樓
電話：02-2917-8022　傳眞：02-2915-6275
港澳地區　一代匯集
地址：九龍旺角塘尾道64號龍駒企業大廈10樓B&D室
電話：+852-2783-8102　傳眞：+852-2396-0050
初版一刷　2023年06月
定　　價　新台幣 299 元
Published and printed in Taiwan

ISBN 978-986-319-839-0

# Gaea

Gaea